Soraya Levin

Spatz, ich töte dich

Think different ...

Soraya Levin

Spatz,
ich töte dich

Roman

tredition

Bibliografische Information der Deutschen Nationalbibliothek: Die Deutsche Nationalbibliothek verzeichnet diese Publikation in der Deutschen Nationalbibliografie; detaillierte bibliografische Daten sind im Internet über dnb.dnb.de abrufbar.

tredition
1. Auflage
© 2024 Soraya Levin
Umschlag: Soraya Levin
Lektorat: Soraya Levin
Druck und Distribution im Auftrag der Autorin:
tredition GmbH, Heinz-Beusen-Stieg 5,
22926 Ahrensburg, Deutschland

ISBN (Print, Paperback): 978-3-384-00139-9
ISBN (EPUB): 978-3-384-00141-2

1

Das trockene, metallisch klingende Klicken des nach hinten gezogenen Schlittens der Walter PPK drang mit tierischer Wucht an seine Ohren. Jan Konrad erstarrte in seiner Bewegung. Er hielt den Atem an und wagte nicht, sich umzudrehen. Obwohl ihn niemand darum bat, hob er sachte seine Hände in die Höhe.

»Hören Sie, seien Sie bitte vernünftig. Das mit der Waffe ist gefährlich. Wenn sich aus Versehen ein Schuss löst«, sagte Jan mit zittriger Stimme.

»Schnauze, du Scheißkerl! Und sei nicht so verkrampft! Entspann dich und genieß für einen Moment dieses harte und bitterkalte Leben, bevor eine Kugel es dir auspustet. Los, beweg dich durch den Gang Richtung Hof!«

Der kühle Lauf an seinem Hinterkopf löste eine Flut von Ängsten aus, die ihn voran stolpern ließen. Sein Hemd durchnässte allmählich und die Feuchte klammerte sich an seine Knochen. Mit blank liegenden

Nerven suchte er händeringend nach einem Ausweg. Dieser Frank Feldberg hatte nicht alle Tassen im Schrank. Seine Lage war beängstigend, und der schummrige Korridor bot keine Fluchtmöglichkeit. Hier gab es nur eine winzige Küche und einen großräumigen Lagerraum ohne Fenster, der zum Büro umfunktioniert war. Im Hof sammelten die Geschäftsinhaber und die Restaurantbesitzer den Tagesmüll von entleerten, flachgedrückten Pappbehältnissen, Papier, Konservendosen, Styropor-Verpackungen, Folien und Essensresten. Wie Abfall plante dieser Frank Feldberg, ihn aus der Welt zu schaffen. Schweißgebadet versuchte Jan, Zeit zu gewinnen.

»Lassen Sie uns wie Erwachsene miteinander sprechen und diesen Kleinkrieg beenden. Es ist nicht nur meine Schuld, dass der Kauf entgleist ist. Ein Ärgernis für uns beide. Kapieren Sie? Wegen des Vorfalls tötet man nicht. Bleiben Sie ein Mensch!«

»Vorwärts!«, raunzte Frank Feldberg, versetzte Jan einen schmerzvollen Tritt und trieb ihn durch den Gang.

Er war auf verlorenem Posten und für einen Moment ratlos. Er brauchte schleunigst eine geistreiche Idee, die ihm aus dieser vertrackten Lage heraushalf. Das schrille Läuten der Ladenglocke riss ihn aus seinen Gedanken.

»Niemand hier?«, rief eine tiefe männliche Stimme in die Totenstille hinein.

Jan Konrad ergriff den günstigen Augenblick und brüllte lautstark los: »Doch, ich bin hier hinten, in der Küche, ich komme sofort. Ich bin gleich im Laden bei Ihnen!«

Feldberg schlug ihm mit dem Waffenlauf gegen den Kopf und flüsterte gedämpft: »Bedanke dich bei dem Kunden für den Aufschub. Die Beichte verschieben wir. Die Totenstille kommt später, mein Lieber. Das nächste Mal erwische ich dich und dann gehst du über den Jordan.«

Frank Feldbergs Clogs tönten hölzern und entfernten sich in Richtung des Verkaufsraums.

Jan stützte sich an der Wand ab. Ihm war schwindlig und das Innere seines Bauches krempelte sich um. Er schleppte sich zur Hinterhoftür und in dem Augenblick, als er sie geöffnet hatte, zog sich sein Magen krampfartig zusammen und er erbrach sich inmitten der zerrissenen Kartons. Die Farbe wich aus seinem Gesicht. Trotz des Badewetters fror er. Die stickige Luft ermattete ihn. In einer Atempause krächzte er: »Hilfe, helft mir.«

Dieses Monster hatte ihn um ein Haar ins Jenseits befördert. Das Wort Killer schwoll in seinem Kopf an. Beängstigende Bilder toter Körper, die die Straßen pflasterten, vermischten sich mit Obst und Gemüse aus dem Schrebergarten seiner Mutter. Er mausetot und ohne Lebenssaft inmitten der bedrohlichen Friedhofsstille des Fallobstes, der Kohlköpfe und des roten Sauerklees. Der Gedanke an die Worte in seiner Todesanzeige trieb ihm die Tränen in die Augen.

»Jan Konrad ist nicht mehr unter uns. Ich habe meinen innig geliebten, herzensguten Sohn verloren. Der Tod ist groß, sagte Rilke. Heute sage ich es, die trauernde Mutter.«

Unüberhörbar schluchzte er auf, als ihn die Gedanken an einen möglichen Bericht der Lokalredaktion ergriffen.

»Wie klingt ein feiger Mord? Inmitten des Hinterhofmülls verstarb gestern an einem Sommertag ein friedliebender Mensch. Mitten unter uns knallte der Verbrecher einen butterweichen, sich um Kinder kümmernden Sanftburger Bürger ab. Ein verdammt tüchtiger und liebender Sohn unserer malerischen Kleinstadt, ein frisch bis über beide Ohren sündhaft verknallter Kerl, der seine neue Flamme auf Händen in eine gemeinsame Zukunft trug. Kaltblütig inmitten dieser Stadt mit ihrem prachtvollen, duftenden Schlossgarten und der historischen Altstadt mit ihren zauberhaften, urgemütlichen Cafés und den lauschigen Kneipen erschossen. Wer ist dieser eiskalte

Mörder, dieser Barbar mit einem Herzen aus Stein, der unsere Harmonie und das Stadtklima ohne Gnade und Barmherzigkeit bedroht? Der ein schattiges Sicherheitsgefühl auf die Vielzahl der internationalen Touristen wirft, die Jahr um Jahr von unseren majestätischen, bunten Wäldern und der klaren Seenlandschaft sowie dem berühmten Street-Art-Festival mit der unterhaltsamen und abwechslungsreichen Straßenkunst magnetisch angezogen in unsere Kleinstadt strömen. Darunter Musikliebhaber, die im Sommer in den Parkanlagen gut gelaunt den Live-Auftritten der Rock- oder Jazzbands der zahlreichen und verschiedenartigen Musikfestivals lauschen. Urlauber, die seit dem teuflischen Mord aus heiterem Himmel ab heute mit kohlrabenschwarzen, turmhohen Angstwolken durch die kopfsteingepflasterten, malerischen Gassen und die lauschigen Geschäfte bummeln. Selbst unsere Gemäuer der Vergangenheit halten versteinert und fassungslos über dieses Verbrechen den Atem an. Auf dem Wochenmarkt und in der ehrwürdigen Universität ist dieser kaltblütige Killer das Thema der Woche.«

Der letzte gedankliche Satz entzündete ihn wie ein Streichholz. Aufgewühlt und außer sich rannte er durch den Gang in Richtung des Parkplatzes, um sich aus der Gefahr zu bringen.

~

Es reichte dieser Bruchteil eines Augenblicks, um in den blauen Wagen zu stolpern und heftig hinzuknallen. Wie eine Wand kam der Asphalt auf ihn zu.

Er schlitterte und rutschte bergab, obwohl er weiterhin am selben Fleck lag. Er versuchte, seine bleiernen Augen zu bewegen. Wie durch einen verschwommenen Tropfen sah er von der Seite lackierte Fußnägel in Sandalen und daneben zwei verdreckte Sneakers. Eine Hand rüttelte an seinem Arm. Eine hohe Stimme rief: »Hören Sie mich? Hallo? Versuchen Sie sich zu bewegen.«

Ein jugendlicher Kerl kniete sich nieder und flüsterte aufgeregt: »Stabile Seitenlage, oh, Mist, was hatten die Ausbilder beim Erste-Hilfe-Kurs erzählt? Einen Arm zur Seite legen? Den Kopf überstrecken? Das rechte oder linke Bein anwinkeln? Egal, auf jeden Fall auf die Seite drehen, das ist lebenswichtig. Die Atemwege freihalten, damit er nicht erstickt, falls er erbricht.«

Ein paar Pranken versuchten fieberhaft, mit Gewalt seine Position zu verändern, wogegen sein Körper sich erbittert sträubte. Das gnadenlose Gezerre an ihm und diese schwitzenden elenden Hände an seinem exquisiten Sommersakko brachten ihn um ein Haar zum Kochen. Sein Puls hämmerte in seinen Ohren und wie ein Zementsack lag ein Druck auf seinem Magen.

Wie ein Fremder hörte er sich stöhnen. Das Martinshorn weckte ihn schlagartig aus dem nebelhaften Zustand auf. Die Umgebung schien meilenweit weg.

Sein Körper war wie ein schwerer, nasser Sack. Er brachte keinen Ton heraus, obwohl er alles mitbekam. Allmählich fing er sich wieder und rappelte sich wie in der Zeitlupe auf. Wie auf einem Schiffsdeck bei Seegang schwankte er zwischen der linken und rechten Reling hin und her. Nur das hier war alles andere als ein normales Schiffsgeländer. Das waren die rettenden Hände und die Arme der Sanitäter, die ihn von beiden Seiten stützten.

Der eine Helfer fragte: »Geht's?«

Er nickte und stammelte mit zittriger Stimme: »Ja, ja, es ist nichts Großes passiert.«

Er pendelte Hilfe suchend zwischen den Armen der Sanitäter hin und her.

Der Fahrer des blauen Wagens war zwischenzeitlich ausgestiegen und kam mit hochrotem Gesicht auf ihn zu.

»Haben Sie keine Augen im Kopf?«

»Mach mal halblang und puste in ein anderes Horn. Du siehst doch, dass der Mann aus dem letzten Loch pfeift. Seien Sie happy, dass Sie den Unfall bemerkt haben. Das wäre ansonsten Fahrerflucht«, sagte einer der Helfer.

Der Fahrer brabbelte etwas von nur Idioten bei dieser brütenden Hitze unterwegs, und irgendwer fragte, ob die Bullen gerufen seien.

»Nein, auf keinen Fall die Polizei«, stotterte Jan.

Die stellten unnötige Fragen. Seine Attacke mit dem Pfefferspray gegen den Feldberg war ebenfalls eine klar ersichtliche Straftat. Abgesehen davon schützte der Staat einen ehrbaren Bürger wie ihn ohnehin nicht vor derartigen Gewalttätern. Und die Gerichte? Die fällten für diese kaltblütige Klientel überwiegend zu milde Urteile. Frank Feldberg hatte die Grenze ohne jeden Zweifel überschritten. Ein Konrad entschärfte solche Probleme auf seine Art.

Jemand reichte ihm eine Flasche mit Wasser, die er mit bebender Hand an seinen Mund hielt. Das kühle Nass schlängelte sich durch seinen ganzen Körper hindurch.

Die Frische befreite ihn aus seinem dösigen Zustand. Er löste sich abrupt von den helfenden Armen.

»Legen Sie sich im Krankenwagen einen Moment hin. Ihr Kreislauf ist angeschlagen«, empfahl einer der Helfer.

»Ich benötige Ihre ärztliche Hilfe nicht. Meine Watte im Kopf ist weg. Verzeihen Sie, diese Umstände, ich habe nicht hingesehen, ich bin untröstlich, ähm ...,
wie bereits gesagt, Entschuldigung nochmals.«

behutsam abtupfte. Bedächtig trat er mit dem Fuß auf und wagte einen Schritt nach vorn. Mit zusammengekniffenen Augen, schmerzverzerrtem Mund und einem verkrampften Zittern im Gesicht verließ er den Toilettenraum.

~

Eine weibliche Person kam schlurfend die Treppe herunter. Sie wischte ihre Hände an ihrer schmuddeligen blauen Schürze ab und stapfte geradewegs auf den Tisch mit der Schale, bestückt mit einigen Münzen und dem Pappschild Toilettenbenutzung 0,50 Euro zu. Er suchte in seiner linken Hosentasche nach Kleingeld.

»Sind Sie in der Lage, zu wechseln?«, fragte er.

»Was?«

»Ja, wechseln, ich habe nur einen Euro. Ist es möglich, mir 50 Cent herauszugeben?«

»Nun mach mal nicht so'n Gewese wegen der paar Kröten«, sagte sie barsch.

Wutschnaubend blaffte Jan Konrad los: »Eher zwängt sich ein dickes Kamel durch ein Nadelöhr, ehe ich auf mein Wechselgeld verzichte. Die Nutzung dieses nach Kloake stinkenden Klos kostet 50 Cent und nicht einen Euro.«

Sie blubberte irgendetwas von einer Bezahlung unter dem Mindestlohn, von der Notwendigkeit, ihr Gehalt durch ein Trinkgeld aufzustocken, und dass er nicht wie ein bettelarmer Schlucker aussehe, der knapp bei Kasse ist.

»Sehe ich aus wie ein Almoseninstitut? Wissen Sie, dass das Geld nicht auf den Bäumen wächst und man hart dafür arbeitet? Es ist egal, über welches Einkommen ich verfüge. Meine Ausgaben habe ich unter Kontrolle und im Griff. Das ist eine Charakterhaltung zum Lebensstil und der Vernunft«, sagte er belehrend.

Er war im Begriff weiterzugehen, als sie rief: »Die Toilettenbenutzung ist zu bezahlen! Dies ist amtlich. Immer derselbe Heckmeck mit der Knete. Geiziges Gesindel. Die Kröten für Kaviar und Schampus ausgeben. Der Ort, um das Fressen und Saufen auszuscheißen und auszupinkeln, der ist für den Schnösel umsonst.«

Er drehte sich um und raunzte sie scharf an: »Ich habe ausschließlich das Waschbecken benutzt und nicht die Toilette, die verdreckt ist und wie eine Jauchegrube stinkt. Und für die Nutzung des Beckens haben Sie keinen Preis genannt. Daher gehe ich davon aus, dass dieses kostenfrei ist. Wobei es eine absolute Unverschämtheit ist, für ein natürliches Bedürfnis Geld zu verlangen.«

Mit in Falten gelegter Stirn verharrte er einen Moment und sammelte seine rasenden Gedanken, in denen er ihr die Fresse polierte. Er holte kräftig Luft und donnerte los: »Wissen Sie, derartige Personen wie Sie, die brauchen es nicht mal ansatzweise in Erwägung zu ziehen, dass ich ihnen einen Cent gebe. Nicht die Bohne! Kapiert!«

Er arbeitete sich mit vor Schmerz gequältem Gesicht die Stufen empor, während sie hinter ihm her keifte. Wortfetzen wie du Aas, dich kenne ich. Das ist 'n Fatzke, ein übler Krümelkacka, ein Möchtegern flogen ihm um die Ohren. Normalerweise wäre er sofort umgedreht und hätte dieser besudelten Kloschachtel kräftig die Meinung gegeigt.

~

Seine Wohnung war ein paar Straßen entfernt. Der dichte Verkehr, der sich Stoßstange an Stoßstange von einer Ampel zur nächsten vorwärts robbte, nervte ihn tierisch. Er blieb kurz stehen. Seine Schmerzen im Bein waren mittlerweile unerträglich und trieben ihm die Tränen in die Augen. Er krempelte sein Hosenbein hoch. Jetzt sah er erst, dass sein Taschentuch weg war.

»Oh nein, eins von meinen handgefertigten Tüchern, das bekomme ich zu diesem Preis nicht mehr wieder. Dieser Oberpenner! Der steckt mit Sicherheit seine Nase in einen rotzigen Lappen. Höchstwahrscheinlich schnäuzt der sich die Nase mit günstigen, recycelten Papiertaschentüchern, die mit dem Schnodder auf der Straße landen und die Umwelt belasten.«

Beinahe wäre er vor Gedanken an sein Taschentuch in den nächsten Wagen gerannt. Nicht nur die Luft kochte, sondern er ebenfalls. Die wummernden Bässe, die von der High-Endanlage des schwarzen SUV herausschallten, waren in seinem kopflosen Zustand eine Provokation für ihn. Entrüstet klopfte er gegen die Scheibe.

Der Fahrer öffnete sie einen Spalt.

»Was gibt's, Meister?«

»Ich bin nicht dein Meister. Mach die Dreckmucke aus!«, schrie er wie von Sinnen.

Im hinteren Teil des Wagens saß ein Junge, der ihm dreist die Zunge herausstreckte.

Jan hob seine Hand zur Faust und rief: »Du winziger Stinker ...«

Bevor er zusätzliche miese Beschimpfungen ausstieß, rollte der Wagen an ihm vorbei.

Der Fahrer mit dem mit Ziegelsteinen, Rollen von Dachpappe und Massivholzbalken beladenen Pritschenwagen trommelte auf seinem Lenkrad herum und schüttelte über das Verhalten von Jan den Kopf.

Die Fahrerin in dem sportlichen gelben Cabriolet war damit beschäftigt, sich ihre aufgepolsterten Lippen violett mit einem Konturenstift anzumalen. Jan taumelte an ihrem Wagen vorbei und schnauzte: »Das sieht nuttig aus, vulgär und unappetitlich.«

Jans tierische Wut steigerte sich mit jedem Schritt. Der Fahrerin des goldenen Minivans, die bei jedem Stopp ihr Smartphone bearbeitete, erteilte er ebenfalls eine beleidigende Rüge. Ob sie das Gemecker hörte, war nicht klar, denn ihr Blick flog zwischen ihrem Display und der Straße hin und her.

»Scheiß Handy, konzentriere dich auf das Autofahren, du Gans. Völlig beknackt ist es, ständig am Telefon zu kleben!«

Er hatte extreme Lust, gegen den Sattelzug mit den Langholzstämmen zu treten, aus dessen Fahrerkabine das Schild mit dem Schriftzug Steffen - gefährlich bissig und einem Aufkleber mit einem aufgerissenen Löwenmaul dekorativ leuchtete. Dieser machtverliebte Löwe, der ihn an seine eigene Schwäche erinnerte, nervte ihn gewaltig.

Das tanzende Beben des Presslufthammers, der sich unaufhaltsam seinen Weg durch den dampfenden Asphalt fraß, heizte seine Wut zusätzlich an. Ein Müllfahrzeug brachte den ohnehin stockenden Verkehr zum Stillstand. Die Leerung der Tonnen zog sich in die Länge. Das Wohnmobil mit dem tiefblauen Panoramadach und einer großflächigen Frontscheibe blockierte eine Einfahrt.

»Hey, verdammt noch mal. Das ist eine Zufahrt und kein Campingparkplatz!«, brüllte er mit verfinsterter

Miene, während der Fahrer des Reisevans Jan mit ausdruckslosem Blick anstarrte und regungslos hinter seiner Scheibe verharrte.

Dem Kläffer, der sich hinhockte und sein kotiges Geschäft mitten auf dem Fußweg verrichtete, versetzte er absichtlich einen derben Stoß. Der Hund jaulte auf und der scharfe Blick des Mädchens, das das Tier an der Leine hatte, hielt ihn von weiteren beabsichtigten Tritten ab. Wiederholt wischte er sich mit dem Handballen über seine Stirn. Sein Sakko trug er wie eine zentnerschwere Last in der Hand.

~

Er betrat das Treppenhaus. Für einen Moment schloss er die Augen. Die Kühle kletterte an seiner klebrigen Haut empor und drosselte seine Hitze.

»Ah, wie erfrischend«, flüsterte er.

Zwei Minuten später holte er die Post aus dem Briefkasten und kraxelte fluchend die Stufen hinauf. Sein Bein schmerzte tierisch und das Blut stieg ihm vor Anstrengung in den Kopf.

»Absolut dämlich von mir, eine Wohnung im dritten Stock, ohne einen Aufzug zu kaufen. Das Gäste-WC fehlt ebenfalls.«

Der Immobilienmakler sprach von einem Sechser im Lotto. Die 1a-Lage war das Beste für ein qualitativ gehobenes Leben im malerischen Sanftburg. Dieser

Stadtteil war ein Juwel. Er bot eine kulturelle und genussreiche kulinarische Vielfalt, die ihm ein unverwechselbares mediterranes Flair verlieh. Die Straßen waren mit Cafés gesäumt, die bei mildem Wetter einluden, einen caffè italiano oder einen Milchkaffee zu schlürfen. Zahlreiche Designerläden, die hochwertige Kleidung und Luxusartikel anboten, sowie diverse Einkaufsmöglichkeiten, vom Gemüseladen mit frischen Produkten bis zum Schmuckatelier, bildeten eine bunte, stimmungsvolle Flaniermeile. Der nahe liegende Schlosspark war eine Oase, um dem hektischen Alltag zu entfliehen. Die Schatten spendenden, majestätischen Eichen luden zu einer Pause unter ihnen ein. Die duftenden Linden und die immergrünen Zedernbäume, die farbigen Blumenbeete, die die Wege säumten und die tiefroten Rosensträucher waren für einen Naturliebhaber wie Jan ein weiteres Kaufargument.

Der Gründerzeitbaustil mit der aufwendig gestalteten Fassade, mit den Erkern, Türmchen und Stuckelementen des Hauses sowie dem gusseisernen Balkon gefiel ihm. Die exklusiven Wohnungen waren komplett saniert und modernisiert. Die aus dem Rahmen fallende Ausstattung mit dem Olivenholzparkett, der modernen Einbauküche und dem Bad mit Whirlpool sprachen für sich. Eine Terrasse mit einem gewaltigen Blick auf das meisterhaft mit floralen Mustern verzierte Renaissanceschloss mit seinem imposanten Eingangsportal und der eleganten Sandsteinfassade, die von einer famosen Steinmetzarbeit zeugte, sowie der angemessene Preis hatten am Ende alle Bedenken hinweggewischt.

Der Gedanke an seinen unüberlegten Wohnungskauf türmte seine Erregung auf. Mit aufeinander gepressten Lippen wagte er den beschwerlichen Aufstieg, bei dem er wutschäumend vor sich hin fluchte.

»Impulsive Handlungen kosten nicht nur Unsummen an Geld, nein, sie sind eine nervliche Kraftanstrengung«, sagte er weinerlich zu sich.

»Ich bin generell ein planvoller Mensch. Was für ein Mist. Den nicht bis zum Ende durchdachten Kauf der Wohnung habe ich aus dem einzigen Grund getätigt, weil der abgebrühte Makler mir die Wohnung pflückreif hingehalten hat. Zugreifen und keine Zeit verlieren. Die Kaufinteressenten warten in Massen und Hunderte von Willigen stehen Schlange. Hoppla, nichts wie unterschreiben. Und was die Sache mit dem Kauf des Smartphones betrifft, da hat mich dieser Dreckskerl Feldberg aufs Glatteis geführt. Diese Demütigung mit dem Hausverbot ist eine Nummer für sich. Und erst dieser Mordversuch.«

Die Gedanken rannten in seinem Kopf auf und ab und legten seine blanken Nerven frei.

»Was meinen diese Deppen, wen sie vor sich haben!«, kreischte er los und sein Gesicht verzerrte sich zu einer Fratze.

»Die lernen mich kennen!«, blökte er ins Treppenhaus hinein. Mit der Faust hämmerte er auf das Geländer ein.

In der ersten Etage öffnete die verkalkte Dornhagen ihre Wohnungstür.

»Dieses Geschrei. Was ist los? Ach, Sie sind es, Herr Konrad. Derartig aufgebracht kenne ich Sie gar nicht.«

»Oh, entschuldigen Sie vielmals die Störung. Meine Schmerzen ließen mir keine andere Wahl«, sagte Jan wie ertappt und humpelte an ihr vorbei. Ihr fragender Blick zwang ihn zu einer kurzen Erklärung.

»Ein Über ... eh, ich meine, ich hatte einen Unfall.«

»Einen Unfall? Was ist passiert?«, fragte sie aufgeregt.

»Ach, nichts von Bedeutung. Eine rostige Blechkiste hat mich gestreift«, entgegnete er, als wäre es die normalste Sache der Welt.

»Was? Sie wurden angefahren? Ah, dieser furchtbare Autoverkehr auf den Straßen. Es ist zu gefährlich für Fußgänger. Man bleibt besser daheim. Vor zwei Wochen erlitt ich fast einen Infarkt. Die Fußgängerampel zeigte Grün. Ich ging los und just in der Sekunde schaltete sie urplötzlich auf Rot. Die Ampelschaltung war eindeutig zu kurz. Ich stand mitten auf der Kreuzung und die Autos fuhren an, obwohl sie mich dastehen sahen. Ich hetzte über die Straße. Das war im letzten Moment.«

Die Dornhagen schüttelte sich mehrmals und ihre Wangen wackelten.

»Woah, bei dem Gedanken daran, bekomme ich ein höllisches Zittern.«

Ein gewaltiges Schaudern war bei ihr eher angebracht. Kein Wunder, dass sie allein lebte. Wer wagte sich an eine solche Schachtel heran? Sie sah abstoßend aus und stank aus allen Knopflöchern. Genauso wie dieser merkwürdige Geruch, der durch ihre geöffnete Wohnungstür drang. Der löste bei jedem hart gesottenen Kerl Übelkeit aus.

Sie tratschte ohne Unterbrechung und pellte die ganze Welt ab. Sie sprach erregt über die Raser, die sie regelmäßig in den dreißiger Zonen sah. Selbst vor dem Kindergarten hätten die keinen Respekt. Obwohl auf der Straße sichtbar eine 30 aufgemalt sei und seit Neuestem ein Schild mit Achtung Kinder dort aufgestellt war. Niemand stoppte diese verrückten Fahrer. Jetzt setzte ihre Litanei ein, die ihr unterirdisches Niveau offenbarte. Wofür die Regierung da sei? Was führten die da oben im Schilde? Am meisten regten ihn die Wörter, die da oben auf. Er war nahe dran, sie zu fragen, wer mit diesem die gemeint sei. Und meinte sie das obere oder untere Ende der Speerspitze? So ein plattes Geplapper. Ihr spitzer Redeschwall überschüttete ihn ohne Atempause. Mit Inbrunst führte sie die Verschwendung von Steuergeldern und Gebühren an. Sie sprach von den Unschuldigen, von den Opfern, von den Kindern, von den Alten, von den Angestellten, von den Arbeitern, von den Minijobbern und von den Studenten. Sie ließ sich aus, über die Ungleichheit, die Ungerechtigkeit, die Armen und die, die wie Dagobert Duck im Geld schwammen. Was ihn störte, waren ihre Klischees mit dem immer gleichen abgenutzten Stempel. Ihre fachkundigen Aussagen und ihr qualifiziertes Wissen, das mit Sicherheit ihresgleichen imponierte, hatte sie höchstwahrscheinlich aus ihren Klatschzeitschriften. Ihre Bildungsschlichtheit rief bei ihm Brechreiz hervor. Sein akademischer Titel verdeutlichte für sich die dicke Kluft zwischen ihnen. Es folgte ihre übliche Frage: »Was ist das für eine Welt?«

Sie wackelte kurz mit ihrem Kopf und fragte: »Hat ein Arzt Sie untersucht? Haben Sie den Täter geschnappt? Ich meine wegen des Schmerzensgeldes und einer Anzeige, das kennt man aus dem Fernsehen.«

Bevor sie mit ihrem schlichten Gedöns fortfuhr, fielen seine Worte in ihre Atempause ein.

»Nein, ich gehe nicht auf dem Zahnfleisch. Es ist lediglich eine geringfügige Quetschung, die angeschwollen ist.«

Er brütete, wie er das Gespräch mit dieser einfältigen, sabbernden Gans beendete, ohne dass sie beleidigt wäre.

»Na, Sie sind mir einer. Sie sind zu rücksichtsvoll. Sie tragen etwa eine Körperbehinderung davon. Wissen Sie, ich kenne einen Fall wie den Ihren. Der ist fürchterlich für das Opfer ausgegangen, das halbseitig gelähmt war und geistige Aussetzer hatte. Der Täter ist mit einer mickerigen Geldstrafe davongekommen.«

»Das glaube ich Ihnen. Zu einer anderen Zeit höre ich mir gerne die Geschichte an. Es ist höchste Eisenbahn, mein Bein hochzulegen und es zu kühlen«, sagte er, um sie loszuwerden.

»Ja, entspannen Sie sich und legen Sie sich schlafen. Sie sehen furchtbar mitgenommen und müde aus. Wenn Sie Hilfe brauchen, Sie wissen ja, wo ich wohne.«

Er bedankte sich und wünschte innerlich, dass ihr irgendein Kerl einen Medizinball in den Mund stopfte.

Er antwortete: »Danke Ihnen. Es ist beruhigend, dass ich auf eine Nachbarin wie Sie zählen kann. Das ist unbezahlbar an unserer Hausgemeinschaft. Ich meine, die Fürsorge, die bei Problemen selbstlos einsetzt. In anderen Nachbarschaften sind sich die

Hausbewohner oftmals fremd. Bei Bedarf nutze ich gerne Ihr Hilfsangebot.«

Schleppend setzte er seinen Weg in die obere Etage fort und wünschte der Dornhagen die Pest an den Hals.

~

Die Wohnungstür fiel ins Schloss und er atmete durch. Immer diese Gespräche, wenn sie nicht hineinpassten. Ihn nervte dieses aufgezwungene, stumpfe Gequassel von der ausgetrockneten alten Dornhagen, die ihren geistigen Bullshit nicht bemerkte. Er schmiss sein Sakko auf die Couch, humpelte in die Küche und goss sich ein Glas Wasser ein und leerte es in einem Zug. Aus dem Eisfach holte er den Beutel mit dem Crushed Ice, riss ihn auf, suchte in der Schublade nach einem Gefrierbeutel, schüttete etwas Eis hinein und bewegte sich schleppend auf das Sofa zu. Wie ein schwerer Sack fiel er rücklings auf die nachgebenden Polster.

Er streckte sein Bein aus und legte seinen Kühlbeutel auf die schmerzende Stelle. Für einen Augenblick schloss er die Augen und ließ sich von seiner kochenden Stimmung fortreißen. Den Kopf nach hinten auf den Couchrand gelegt, versuchte er die Kühle zu genießen, die guttat und das pochende Klopfen eindämmte.

Das Schrillen des Telefons riss Jan aus seinem dösigen Zustand und katapultierte ihn mit Wucht in die

Realität zurück. Er rappelte sich auf und angelte sich das Gerät von der Ladestation.

»Ja, hallo! Sie haben sich mit Sicherheit verwählt«, brüllte er unwirsch hinein.

»Was ist das für ein Ton? Ungezogen und frech. Meine Erziehung sah anders aus. Obendrein verschweigst du deinen Namen?«

»Wenn du meine Rufnummer wählst, weißt du doch, wen du am Ende der anderen Leitung hast. Oder glaubst du, ich bin seit Neuestem die Personalabteilung von irgendeinem Dessous-Geschäft mit Spitzen-Negligés im Angebot? Oder meinst du, hinter meiner Rufnummer versteckt sich eine heiße Partnervermittlung, die mit der Dessous-Butze unter einer Decke steckt und Hormone in Wallung bringt? Der aufopferungsvolle Sohn wiederholt auf Wunsch die Ansprache für dich. Liebe Mutter. Sie sind verbunden mit dem Anschluss Ihres Sohnes Jan Konrad. Ach, den Frederick habe ich vergessen. Der kommt in die Mitte. Momentan bin ich nicht erreichbar. Rufen Sie mich später noch einmal an. Bist du zufrieden?«

»Lass diesen respektlosen Unsinn deiner Mutter gegenüber. Ich bin besorgt, weil ich nichts von dir höre.«

Ständig kam sie ihm mit diesem Satz. Er rief sie nahezu jeden Tag an und besuchte sie regelmäßig.

»Was erzählst du? Du hörst nichts von mir? Besorg dir einen Notizzettel und einen Stift für die Gesprächsnotiz. Wir haben vor ein paar Tagen zusammen Erdbeerkuchen geschlemmt. Daran erinnerst du dich hoffentlich. Oder bist du verkalkt? Falls Letzteres zutrifft, ist eine Demenz nicht auszuschließen. Was verschafft eine Linderung und bewirkt Wunder? Welche Antwort, meinst du, ist die korrekte? Erstens den inneren Schweinehund ankurbeln und eigene Aktivitäten entwickeln. Zweitens am Tropf des Sohnes hängen. Du hast Glück, dass wir in derselben Stadt wohnen und ich zurzeit wieder ohne Partnerin bin. Ich kümmere mich Tag ein und Tag aus um dich. Alles hat Grenzen und die sind bei mir erreicht! Glaubst du, ich bin selbstlos geboren und ein Mildtätigkeitsverein in Person? Ich habe ebenfalls ein eigenes Leben«, schnauzte er in den Apparat.

Am anderen Ende der Leitung war es für Sekunden mucksmäuschenstill. Wie vom Blitz getroffen, schluchzte sie unkontrolliert los. Er schluckte vor Ergriffenheit und brachte kein Sterbenswort heraus. Es war ihre übliche Tour, um ihn wie ein Paket einzuwickeln.

»Ach Mutti, du ertränkst dich in deinem vergifteten Selbstmitleid. Das Schicksal ist hart und grausam zu dir. Du bist ungeliebt und dein fieser Sohn beachtet dich nicht. Bei aller Liebe hör auf mit der Heulerei. Na, los. Meine Reaktion war blöd von mir.«

Seine unbeherrschten Worte wurmten ihn. Er sah seine Mutter vor sich, zerbrechlich und empfindsam. In Gedanken umarmte er sie, so wie sie ihn früher gedrückt hatte. Ihre Hände streichelten ihn an allen erdenklichen Körperstellen und diese Zärtlichkeit, die ihn bei jedem Hautkontakt heiß erregte, hatte er in dieser Form nie wieder bei einer Frau wahrgenommen.

Sie lachte in jener Zeit herzhaft und nannte ihn ihren Wichtelmann. Er war eifersüchtig auf seinen Vater und träumte davon, dass er die erste Geige im Leben seiner Mutter spielte.

Er versuchte, sie zu beruhigen. Sanftmütig säuselte er: »Pass auf, wir trinken morgen zusammen Kaffee und wie am letzten Freitag, bringe ich wieder Erdbeerkuchen mit. Den isst du doch gern.«

Ihr Schluchzen verklang stockend.

»Na, siehst du, Mutti, die Welt dreht sich ohne Tränen weitaus besser.«

»Weißt du, Jan, in Zukunft erwarte ich mehr Rücksicht von deiner Seite. Diese Herzlosigkeit bringt mich früher oder später auf die Intensivstation. Denk an meinen Bluthochdruck und an meine Herzrhythmusstörungen«, sagte sie weinerlich.

»Okay, das ist der Stress. Der lässt mich gelegentlich aufbrausen«, flüsterte er.

»Mutti, ich lege jetzt auf und wir sehen uns morgen am Nachmittag. Versprochen.«

Ihre Stimme bebte nach: »Ich merke, deine Lust auf ein Telefonat mit mir ist gering. Du verachtest die eigene Mutter. Früher haben sich die Kinder Zeit für die Eltern abgezweigt. Damit ist bei dir und deiner vorbildlichen Sparsamkeit nicht im Entferntesten zu rechnen. Vergiss bei deinen vorfahrtsberechtigten und derart bedeutsamen Terminen nicht, die richtige Ausfahrt zu nehmen und vorbeizukommen.«

Er hatte genug schauderhafte Probleme und dieser Anruf obendrauf. Er benötigte seine Kraft und Zeit zur Vorbereitung für eine wirkungsreiche Revanche. Dieses Erdbeerkuchenessen war die reinste Zeitverschwendung. Ihm war klar, dass jeder Gedanke daran, den Termin mit seiner Mutter zu verschieben, zwecklos war.

Das Eis in seinem Kühlbeutel verwandelte sich in Wasser. Er schleppte sich in die Küche und tauschte erneut das Eis aus und begab sich zurück auf seine Couch. Mit einer Hand hielt er den Beutel und drückte ihn auf seine Schwellung. Er legte seinen Kopf auf die Seite, öffnete die Augen und versuchte, sich zu beruhigen. Sein Blick fiel auf den Bücherstapel neben der

Couch. Die Bücher hatte er bei der Neusortierung seines Regals herausgenommen, um sie gegebenenfalls erneut zu lesen.

Er griff sich das oberste Buch mit dem Titel Homo faber vom Stapel und blätterte es gedankenlos durch. Seine Beherrschung zerbröckelte. Es kochte in ihm. Zerknirscht prustete er: »Dort der Zufall und das Schicksal, bei mir mit Sicherheit nicht die schlichte Fügung.«

Er steigerte sich immer stärker in diesen Faber aus dem Roman von Max Frisch hinein und die Wörter Kontrollverlust und Zufall wirbelten in blinder Wut in seinem Kopf durcheinander.

»Dieser Kerl, der hat mich eiskalt übers Ohr gehauen und sich ohne Hemmungen an mir bereichert. Zusätzlich dieses Hausverbot. Überdies der Mordversuch. Das ist kein Zufall. Das ist skrupellos, entwürdigend und die Art eines Schwerkriminellen. Das deutet auf eine gezielte Planung hin. Das ist nicht eine Abzocke und Demütigung von ahnungslosen Kunden. Der hat eiskalt versucht, mich umzubringen«, schrie er außer sich.

Fuchsteufelswild riss er sich seinen Kühlbeutel von dem Bein und schmiss ihn mit einem Wurf in die Luft. Der Beutel öffnete sich und es regnete Eiswürfel, die er mit den Fäusten attackierte.

In ihm tobte ein unberechenbares Tier, das schwer zu bändigen war. Seine Wut entbrannte derartig, dass er mit den Zähnen knirschte und seine Lippen mit enormer Kraft aufeinanderpresste, bis das Blut aus ihnen entwich.

»Ok, beruhige dich, komm runter, Jan, behalte einen klaren Kopf. Denk an dein Atemtraining, phuu, phuuu, phuuuu«, keuchte er vor sich hin.

Allmählich verzog sich das unbändige Tier in ihm, und er war wieder bei Sinnen. Er hievte sich von der Couch und eierte zum Vitrinenschrank. Mit der Flasche Single Malt und einem Whiskyglas in der Hand setzte er sich auf das Sofa. Der Korken flog mit einem Schwung aus dem Hals und der braune Stoff blubberte in sein Glas, das sich bis zum Rand füllte. Bedächtig trank er einen Schluck, wobei er die Flüssigkeit für Sekunden im Mund von einer Seite zur anderen spülte, bevor sie weich, brennend durch seine Kehle schoss.

Er benötigte einen durchdachten Schlachtplan, das war klar. Ein oberschlaues Drehbuch, das ausgefeilt jeden seiner einzelnen Schritte beinhaltete. Ein fehlerloses, von ihm gesteuertes Skript mit einem gewaltigen Ergebnis. Dieser Blockbuster erforderte gewiefte Überlegungen, die momentan bei ihm brüchig waren. Er nippte an seinem Whisky und um sich abzulenken, durchblätterte er mit versteinertem Gesicht den mitgebrachten Stapel Post. Er öffnete den ersten Brief und hielt die Rechnung seines Telefonanbieters in der Hand.

»Wofür dieser Betrag?«, blaffte er vor sich hin. Den Festanschluss hatte er ohnehin nur für seine Mutter, die sich penetrant weigerte, ihn auf dem Handy anzurufen. Mit dieser langen Nummer könne sie nichts anfangen. Was für ein idiotisches und haltloses Argument. Er beschloss, die Kosten demnächst zu überprüfen und bei Gelegenheit zu einem günstigeren Anbieter zu wechseln.

Der zweite Brief war von der Hausverwaltung. Sie stellten einen externen Dienstleister vor, der zukünftig die wöchentliche Reinigung des Treppenhauses für die Mietparteien übernimmt. Es handelte sich um einen rechtskräftigen Beschluss der letzten Eigentümerversammlung, wo er als einziger dagegen gestimmt hatte. Er war überzeugt, dass jeder in der Lage sei, seinen Treppenhausbereich selbst zu putzen. Das wäre kein üppiges Anliegen. Die Einwände, dass die älteren Mieter sich damit schwertaten, überzeugten ihn nicht. Die Betagten aus dem Haus waren ausgesprochen unternehmungslustig. Die aus dem Parterre waren im Wanderverein Sanftburg e. V. und jedes Wochenende flogen sie mit ihrer Wanderausrüstung zu Ausflügen aus, die über fünf Stunden dauerten. Im

Frühjahr und im Herbst marschierten sie die enormen Touren mit zahlreichen Etappen, die sogar für routinierte Bergwanderer mit ihrer taufrischen Kondition kraftraubend und mühsam waren. Sie schlenderten nicht die geraden Wege entlang, nein, bei ihrem Fitnesslevel kletterten sie auf schroffe Felsen und zerklüftete Klippen. Sie überquerten die Alpen auf schmalen Steigen und Schotterpisten, wo Trittsicherheit und Schwindelfreiheit gefordert waren, um nicht abzurutschen. Sie kraxelten durch Geröllfelder, wo sie jeden Schritt mit Anstrengung durchdacht setzten, da sich vereinzelt ein Stein lockerte. Im schlimmsten Fall gab ein Felsblock unter der Schwere der Tritte nach. Ein Sturz war vorprogrammiert. Sich den Fuß zu verstauchen oder zu brechen, das spielte für seine Nachbarn keine Rolle. Je steiler die Aufstiege waren, desto besser. Wegen der Panoramasicht und der Traumkulisse auf die Gebirgsmassive und die Ebenen. Sie hingen in den Wänden und seilten sich zig Höhenmeter ab. Das war hochalpiner Sport, den sie betrieben.

Die Scholmers aus dem zweiten Stock fuhren täglich Rad. Allerdings nicht wie er, mit seinem Pedelec, nein, mit einem Rennrad, und das in aufgeblasener Montur wie bei der Tour de France.

Statt im Urlaub am Strand zu liegen oder entkrampft im Strandkorb auf ihrem Hintern zu sitzen, strampelten sie mit ihrem Fahrrad die Küsten von der Ostsee bis zur Nordsee auf und ab. Dank ihrer Kondition kannten sie jeden Winkel Deutschlands. Für eine Radtour an der Isar sprach das Alpenpanorama. Für eine idyllische Reise an der Mosel und am Rhein entlang lockten der Wein und die Burgvielfalt. Ihr Highlight war letztes Jahr der Adriaweg.

Die meisten Radfahrer wählten sich einen Abschnitt dieses anstrengenden Etappenweges aus. Die Scholmers hingegen fuhren gleich von Österreich bis Italien auf teilweise unbefestigten Pisten. Die steilen Höhenmeter bezwangen sie mit Leichtigkeit. Derzeit verbrachten sie ihren Urlaub mit ihren Rädern auf Mallorca. In der brütenden Hitze radelten sie, ohne mit der Wimper zu zucken, anspruchsvolle Bergpässe hinauf. Nächstes Jahr planten sie eine Reise in die kanadische Wildnis. Mit dem Fahrrad durch die Rocky Mountains cruisen. Bären umkurven und in der Einöde picknicken. Problemlos sitzen sie jeden Tag über 100 km mit dem Hintern auf dem harten Sattel. Und Stechbarts, die paddelten mit ihrem Kanu in der Mecklenburgischen Seenplatte herum. Tagelang wegen der unvergleichlichen Natur und ihrer bunten Pflanzen- und Tierwelt mit dem spaßigen Paddelboot auf Reisen. Das erforderte eine Fitness, die sie ebenfalls für ihre Unterkunft benötigten. Das Luxushotel mit kuscheligem

Bett und rückenschonenden Matratzen verpönten sie. Nein, sie waren jugendlich unterwegs und schliefen auf schlammigen Böden in einem schlichten Zelt. Campen war genau das Richtige für seine Nachbarn, die nicht in der Lage waren, sich zu bücken oder sich zu bewegen. Bemerkenswert, wie sie mit ihrer Unbeweglichkeit in ihren Schlafsack kamen. Und das Aufstehen erst. Da waren sie gelenkig und sprangen höchstwahrscheinlich wie die Gämsen vom Boden auf.

Und die ewig jammernde Frau Wasser aus dem zweiten Stock tratschte ständig über ihre Abfahrtsläufe in Südtirol. Den Familienpisten mit den sanften und breiten Hügeln kehrte sie den Rücken. Ohne auf Knochen und Gelenke zu achten, sauste sie unverdrossen die berüchtigte Monsterpiste mit den eisigen Steilhängen, scharfen Kurven und extremem Gefälle hinunter.

Zerrissene Jeans und modische Sportschuhe. Das war der nicht mehr taufrische Herr Klöppel. Im letzten Urlaub auf Sylt meldete er sich für einen Surfkurs an. Mit den Wellen tanzen, nannte er sein neues Hobby. Abends hing er bis in die Puppen an der Strandbar ab und schüttete einen Cocktail nach dem anderen in sich hinein. Im Übrigen war er ein Draufgänger, der ungehemmt die Mädels an der Bar anbaggerte. Das war körperlich leistbar.

Der Rest des Hauses war entweder im Kegelklub, schwang mit Begeisterung das Tanzbein oder beackerte den eigenen Kleingarten. Und die Jüngeren? Die waren kein Stück besser. Eher träge und bequem. Sich nicht bewegen, hieß die Devise. Ihre Work-Life-Balance geriet bei einer banalen Reinigungsaufgabe ins Wanken.

Er fragte sich, warum sie sich stumpfsinnig seiner Meinung entgegenstemmten. Diese unnötigen Kosten wurmten ihn. Sie zwangen ihn, sich ihnen unterzuordnen. Bei den ehemaligen Kolonien beklatschten sie deren Unabhängigkeit und bei ihm? Ihn unterdrückten sie mit ihrer blödsinnigen Abstimmung, die seine Position entsorgte.

Er ergriff die Werbung, blätterte sie kurz durch und war im Begriff, sie zur Seite zu legen, als sein Blick auf das Smartphone mit dem Slogan Preishit fiel.

2

Mit diesem unübertroffenen Preisknüller hatte seine Leidensgeschichte angefangen. Die Geschichte rauschte wie ein Wasserfall in Kaskaden vor seinen Augen ab. Auf Empfehlung eines Kollegen hatte er den Elektronikladen am Marktplatz von Frank Feldberg aufgesucht.

Die Stimmung zwischen ihm und dem Verkäufer war gelockert. Sie unterhielten sich wie zwei Freunde.

Frank Feldberg hatte ihn gefragt, ob er oft im Internet surfe und ob er gern fotografiere. Er erklärte ihm, dass das großflächige Display und die leistungsstarke Kamera für dieses Gerät sprachen.

»Sind Sie naturverbunden und lieben Sie es, Tiere und Pflanzen zu beobachten und ab und an im See zu schwimmen?«

Jan fand diese Frage zwar merkwürdig und er fragte sich kurz, warum Feldberg seinen geliebten Freizeitort derartig unterstrich.

»Ich plansche gelegentlich wie eine lahme Ente im See«, sagte er mit verstohlenem Lachen.

Frank Feldberg musterte ihn mit einem scharfen Blick und einem milden Lächeln.

»Kennen Sie den hinter dem Eichenpark am Ende der Stadt?«, fragte Jan mit funkelnden Augen.

»Nein, der ist nicht mein Wohnzimmer. Ich stehe eher auf einen coolen Pool.«

Jan zog die Augenbrauen zusammen und fuhr nach einem Moment des Zögerns belehrend fort: »Ein Ausflug dorthin lohnt sich auf jeden Fall. Es ist genaugenommen eine ehemalige Kiesgrube. Eine wirkliche Idylle für alle, die die Natur und die Ruhe lieben. An manchen Tagen begegnet einem an diesem abgeschiedenen Ort außer einer Handvoll FKK-Schwimmern und einigen Anglern niemand. Das Wasser hat eine ausgezeichnete Qualität. Die ist umweltamtlich bescheinigt, und im vergangenen Jahr hat der See bei dem Gewässertest, den die hiesige Tageszeitung veröffentlichte, keinerlei Schadstoffspuren aufgewiesen. Da andere neben mir ebenfalls die Regionalpresse lesen, hatte ich Sorge, dass die halbe Stadt meinen Teich belagert.«

»Das kommt mitunter vor, dass Menschen einen Blick in die Zeitung werfen, um sich zu informieren. Obwohl sich der Trend in die andere Richtung entwickelt, wie die sinkenden Auflagen der Printmedien zeigen«, entgegnete Frank Feldberg trocken.

Jan überging die Unterbrechung und setzte seine Erzählung fort.

»Das Wasser ist weitestgehend klar und einsehbar. Dennoch ist der See ungeeignet für Nichtschwimmer. Teilweise gibt es gefährliche Unterströmungen und das Ufer fällt extrem steil ab. Eine Schwimmaufsicht fehlt vor Ort. Im Übrigen empfehle ich Badeschuhe, da es keinen Sandstrand gibt, sondern nur viele klitzekleine und mittelgroße spitze Steine, die dicht aneinander liegen. Da schneidet man sich die Füße auf und das schmerzt höllisch. Erst recht, wenn sich der Fuß entzündet. Habe ich alles durch. An der Nordsee, im Wattenmeer. Ich liebe es, barfuß durchs Watt zu wandern. Das ist die beste Massage, die es gibt. Na, um wieder auf den Punkt zu kommen, bin ich durch einen Priel gewatet und dort habe ich mir auf einer Muschelbank die Füße aufgeschnitten. Da sind die Schuhe eine zumutbare Kleinigkeit. Sie sind zusätzlich zum Schutz vor Fischen, die gern an den Quanten knabbern. Diese spezielle Fischfußpflege ist für die einen wohltuend und für andere abschreckend.«

Frank Feldberg blätterte derweil seelenruhig durch einen Hochglanzkatalog für Smartphones. Sporadisch sah er zu Jan auf, der mit seinem Seebericht fortfuhr.

»Ansonsten ist es dort paradiesisch. Die Wiesen mit den bunten Wildblumen sind ein fantastischer Lebensraum für Insekten. Überall Huflattich und Klatschmohn und am Rand des Wassers das hohe Schilfrohr, die Weiden und Pflanzen mit gelben kräftigen Blüten, wie heißen die gleich?«

Sein Blick haftete an Frank Feldberg, der kurz zu Jan aufsah.

»Hm, ich komme nicht auf den Namen. Na, er fällt mir mit Sicherheit später ein.«

Jan schwärmte von den Wasserfröschen, von den knallroten Feuerlibellen und den Zitronenfaltern. Um witzig zu sein, sagte er: »Na, es flattert nicht eine gefaltete Zitrone durch die Gegend. Wissen Sie, der Zitronenfalter, wenn ich den von der dunkelroten bis blauen Distel zum Weißklee, von dort auf den Löwenzahn und wieder zurück auf die purpurrote Wiesenflockenblume flattern sehe, empfinde ich eine wohlige Wärme. Ich fühle mich in derartigen Augenblicken wie ein bunter Schmetterling, frei und mit dieser Musik in meinem Kopf. Sie ist von dem Franzosen, wie hieß der gleich? Jetzt fällt mir der Name ebenfalls nicht ein. Der Schauspieler Gérard Depardieu heißt ähnlich.«

Frank Feldberg starrte ihn fragend an und nach einer gefühlten Minute schnippte er mit dem Finger und rief: »Der hieß Danyel Gérard.«

»Sie haben es, Danyel Gérard. Diesen Song bewahre ich wie in einer Kopfschatulle auf. Ich meine den Refrain, der ist ein Ohrwurm, der sich faktisch bei jedem in die Erinnerung eingräbt.«

Jan klopfte mit den Fingern den Rhythmus auf den Tresen und sang verhalten die Melodie mit.

»Donnerwetter, Klänge zum Schunkeln. Schlager sind unbestreitbar ihr bevorzugter Geschmack, der mit ihrem Sakko bestens zusammenpasst«, sagte Frank Feldberg lachend und wippte seinen Körper hin und her.

Die Unterstellung kränkte Jan. Als ob solch eine stillose Musik zu seiner kulturellen Visitenkarte gehörte.

»Überwiegend höre ich Jazz. Stehen Sie auf diese Musikrichtung?«, fragte er kleinlaut.

»Sehe ich so verstaubt aus?«

Eh er sich versah, rockte dieser Feldberg mit dem Kopf von einer Seite zur anderen. Dabei hielt er eine imaginäre Gitarre in der Hand. Er drehte sich um und ergriff sein Handy.

»Moment, das haben wir gleich, ich spiele es Ihnen vor. Mega, das ist der Sound. Kommt spitze rüber, wenn der Bass klar bebt. Das ist eine Frage der Klangqualität. Ich lasse es über die Boxen abspielen. Jetzt erleben Sie den echten Frank Feldberg Raumklang.«

Es dröhnte aus allen vier Ecken gewaltig los. Der Boden vibrierte und Jan hielt sich die Ohren zu. Dieser Frank Feldberg stellte dennoch die Musik nicht leiser. Die Arme flogen rhythmisch im Takt von einer Seite zur anderen und sein Handy haftete wie ein Mikro dicht vor seinem Mund. Jan empfand dieses Verhalten als kindisch. Aus dem Alter war der sichtbar hinaus. Während Feldberg »I'm a rolling thunder, a pouring rain. I'm coming on like a hurricane« sang, flogen mit Schwung die Clogs von seinen nackten Füßen. Seine Stimme war kreischend und er sprang in seinem Laden wie ein Verrückter herum. Seine Beine schmiss er gelenkig in alle Himmelsrichtungen. Sein Tanz glich einer kraftvollen Choreografie. Seine schulterlangen gewellten Haare, die er mit einem dünnen geflochtenen rotbraunen Stirnband zusammenhielt, wedelten, wie vom Wind zerzaust, durch die Luft.

Auffällig waren seine zahlreichen bunten, dicken und schmalen Lederarmbänder. Seine Jeans war eingerissen. Sein mit großflächigen gelben, grünen, roten und blauen Blüten bedrucktes Hemd hatte er bis zum Bauchnabel aufgeknöpft. Seine Kette mit einem verschnörkelten Messingamulett baumelte auf der behaarten Brust hin und her.

Als der Song zu Ende war, japste und keuchte Frank Feldberg vor Anstrengung.

»Wow, das fetzt irre! Na, was sagen Sie? Harter, bärenstarker Sound, oder? Da vibriert das Blut in mir, da bin ich nicht mehr zu bremsen. Da bin ich ein anderer, yeah!«

Mit dem Handrücken wischte er sich über die mit Schweißperlen besetzte Stirn. Auf der Hand bildete sich ein feuchter Film, den er mehrere Male tief in sein Blumenhemd rieb. Außer Atem und mit einem prüfenden Blick fragte er Jan: »Haben Sie es erkannt?«

Jan zuckte zusammen und senkte verschämt den Blick. Ein Hauch von Verlegenheit glitt flüchtig über sein Gesicht. Schuldbewusst blickte er auf den Boden und schüttelte mit dem Kopf.

»Was, das glaube ich nicht. Das haut mich um. Sie sind grob geschätzt mein Jahrgang«, sagte Frank Feldberg fassungslos, während er seine Holzschuhe einsammelte.

»Sie kennen AC/DC? Hells Bells, das ist einer meiner Lieblingssongs.«

Diese Art von Musik lag Jan nicht. Er hatte vorhin betont, welche Musikrichtung er vorzog. Jazz war zeitlos, körperlich fühlbar und sprach Gefühle an. Dieser Sound war für ihn eine furchtbare Grölerei. Diplomatisch entgegnete er: »Absolut erfrischend. Wie Ihre spritzige Tanzeinlage. Für meine Natur zu hitzig. Ich bin eher soft unterwegs. Na, überwiegend«, sagte er lachend. Und nach einer Sekunde des Zögerns schwärmte er mit blanken Augen wieder von der Natur.

»Das einzige Wilde ist, dass ich ab und an Brombeeren am Rand des Sees pflücke. Die sind tiefschwarz, mit einem violetten oder blauen Stich, und die schmecken nach Wald, sage ich Ihnen. Süßsauer sind sie ein absoluter Genuss. Falls man an sie herankommt. Die hohen, dornigen Büsche sind eine Gefahr für FKKler. Die Dornen haben mich bei derartigen Aktionen übelst drangsaliert. Da springt jeder unkontrolliert herum.«

Alles, woran er an der unberührten Landschaft und an den Pflanzen und Tieren Gefallen fand, teilte er an diesem Mittag mit Frank Feldberg.

Die Gräser und die Geräusche, die er liebte. Überall summte es und die Grashüpfer spielten ihr Repertoire des Sommers auf der Geige rauf und runter. Er hörte, schmeckte und roch ihn nicht nur. Es war für ihn weitaus mehr. Wenn er im See schwamm und die Stockenten ihn begleiteten, war das der Moment, wo er eins mit sich und der Natur war. Ab und an hatte er Glück und vernahm das hohe, schrille Pfeifen des Eisvogels, der ihm mit seinen leuchtenden Farben entgegenblickte, die ihn an die unendliche Weite des Ozeans erinnerten. In seinem Erzählfluss hatte er die Geschichte mit dem bunten Kettenanhänger ausposaunt, den er in einem hitzigen Rausch einer seiner Ex-Freundinnen geschenkt hatte. Das bereute er bis heute. Nach ihrer Trennung forderte er das Kleinod zurück. Sie weigerte sich und meinte: »Erst die Spendierhose anhaben und hinterher Forderungen stellen. Nichts da, das ist mein Eigentum!«

Feldberg lachte und ohne zu wissen, was sein Schmuckstück gekostet hatte, nickte er und sagte: »Da hat Ihre Verflossene recht. Geschenkt ist geschenkt.«

Jan sah den Kettenanhänger eher als Leihgabe für die Zeit, in der sie zusammen waren. Er behielt seine Gedanken für sich und fuhr fort mit den Graureihern, die er bisweilen am Rand des Ufers stehen sah und die auf einen Leckerbissen lauerten. Ihre geschwungenen langen Hälse mit dieser schwarzen Linie und ihre hochgewachsenen filigranen Beine imponierten ihm. Er betonte, dass manch einer sie mit den Kranichen verwechselte, die er dort ab und an gesehen hatte. Ihre Rufe und ihre Bewegungen, die Tänzen glichen, waren für ihn zu jeder Zeit ein einmaliges Naturschauspiel, das die blaugrünen Flugkünstler, die wie Hubschrauber auf der Stelle in der Luft hingen, ergänzten. Ihre hauchfeinen Flügel mit der enormen Spannweite waren für diese Seelibellen erstaunlich. Er sprühte vor Euphorie, als er von den gigantischen Steinen schwärmte, die wie Pflanzschalen aussahen. Die von der Sonne heiß und wohlig waren und wo man sich in die Kuhlen hineinkuschelte. Er erzählte traumversunken, wie in diesem Moment die Wärme über seinen nackten Körper von den Zehenspitzen bis über die Beine, den Po, den Rücken und den Hals kroch.

Gemeinsam lümmelte er sich dort mit Liebhabern von beheizten Steinflächen herum. Die Mauereidechsen zum Beispiel, die sich auf dem Gestein fläzten. Er beobachtete sie gern von der Seite und hielt den Atem an, um sich nicht zu bewegen. Bewegungslos wie eine Statue kniff er die von den Sonnenstrahlen schwer geblendeten Augen für Sekunden zusammen. Er öffnete sie einen Spalt und sah nach seinen Echsen. Bei jeder Körperdrehung flitzten sie wie ein abgeschossener Pfeil von ihrem Lieblingsplatz in die Steinspalten, verschwanden dort für einen Moment, lugten wieder hervor und kletterten, sobald die Luft rein war, zurück auf ihren Stammplatz. Ein optimaler Ort, um zu dösen, seinen Gedanken nachzuhängen und vor sich hinzuträumen. Ein friedvoller Ort, an dem ausschließlich das Rufen eines Mäusebussards ihn aus seinen lauschigen Träumen riss.

»Alle Achtung. In softigen Fällen haben Sie eine klassische Vorreiterrolle. Sie sind ein gefühlsbetonter Tagträumer, der sich dem gegenwärtigen Augenblick entzieht«, sagte Frank Feldberg staunend.

Feldbergs Wertung stachelte Jan an, selbstverliebt weiterzuerzählen. Es gefiel ihm ausgesprochen, dass er in diesem Moment die Hauptrolle spielte. Er erzählte von den Badegästen, die neben den Haubentauchern mit ihrer drolligen Punkerfrisur schwammen. Er schwärmte von dem Spektakel, wenn die Eltern mit ihren Jungen eine Reise antraten und die Alttiere zu Kanus umfunktioniert waren, wo die Kinder aufsitzend sich sanft wie im Urlaub hin- und herfahren ließen.

Einladend sagte er zu Feldberg: »Verbringen Sie einen Urlaubstag am Wasser. Die Zeit am See ist eine Bereicherung und Wohltat für die Seele. Es ist mehr wie ein Erlebnis. Es ist vergleichbar mit dem Aufenthalt im Paradies.«

»Das wäre eine Überlegung wert. Ein Naturgeschenk für meinen Spatzen.«

Sein Spatz, das war sein fünfjähriger Sohn Florian. Jan hörte sich anfangs gleichmütig die ganze Geschichte mit dem größten Spatzenglück an. Kinder lagen ihm am Herzen. Er war fassungslos, als Feldberg erzählte, dass Florian nicht das Seepferdchen hatte.

»Warum melden Sie ihn nicht zum Schwimmkurs an? Im Schwimmbad schwimmen macht den Kindern Spaß, da die Bäder heute überwiegend Wasserabenteuerspielparks gleichen. Ab und an ist Schwimmen auch lebensrettend. Nicht auszudenken, wenn das eigene Kind in irgendeinem Tümpel ertrinkt.«

»Ins Schwimmbad? Unser Flo, den treibt niemand ins Wasser. Der spielt mit Leidenschaft Fußball. Jede freie Sekunde ist er auf dem Bolzplatz. Kennen Sie den, der hinter dem Wasserturm liegt, da kickt er. Das heißt, wenn die anderen Kinder ihn mitspielen lassen. Sie verjagen ihn überwiegend. Sie sagen, ihm fehlt das Ballgefühl. Da haben die Gören recht. Das liegt an seinen zwei linken Füßen. Meinem Spatzen zuliebe belasse ich es bei den Luftschlössern, die er sich baut. Er wünscht sich, wie Messi zu sein. Ist absurd, was?«, sagte Feldberg lachend.

Die Fantasie des Jungen benötige ihren freien Lauf. Sie aus dem Alltag wegzuwischen, regte Jan tierisch auf. Kinder benötigen Träume für die Entwicklung. Frank Feldberg sprang in seine Gedanken hinein.

»Meine knusprige Donata nenne ich ebenfalls Spatz, da sie vom Ausmaß her eher ein Kleinkaliber ist. Sie ist ein Goldstück. Zum einen, weil sie mir jeden Samstag freigibt und im Laden die Stellung hält. Zum anderen, weil sie meine absolute Entdeckung ist. Donata und ich, wir haben uns auf einer Rockparty kennengelernt. Ich sah sie und fragte mich, wer dieses lachende Zuckertäubchen ist. Ich tänzelte um sie herum, um ihren Körper zu berühren. Mit meinem Hinterteil rhythmisch gegen ihren, wissen Sie? Bei jeder Umdrehung knabberte ich an ihrem Ohr. Klasse, was?«

Jan störte sich an dieser geschmacklosen Szenerie. Sie hörte sich an, wie ein Bericht aus der Sex-Kommune.

»Wir sind eine Symbiose, mein Spatz und ich. Das war von Anfang an klar. Ich holte ihr einen Weißwein und mir einen Roten und die Kleine? Sie stellte das Weißweinglas zur Seite und wir Turteltäubchen tranken gemeinsam aus dem Rotweinglas. Zuckersüß, ihre Lippen an meinen, absolut himmlisch. Wow, zwischendurch berührten sich unsere Zungen. Da war eine Spannung, die knisterte. Eine Hochspannung, die wie ein Blitz einschlug und bei uns beiden ein gewaltiges Verlangen auslöste. Unvergessliches Kino zum Niederknien!«

Jan schluckte. Feldbergs Liebesgequassel über seinen intimen Müll fand er unter der Gürtellinie. Er kannte sich mit dem anderen Geschlecht aus. Wer sehnte sich nach diesen Flittchen?

Frank Feldberg sah Jan stutzig an: »Sie sehen aus wie ein verbogenes Fragezeichen. Sie wissen mit Sicherheit, was ich mit dem gewaltigen Verlangen meine.«

»Nein, ich habe keine Ahnung, worauf Sie anspielen«, hatte er taktvoll geantwortet.

»Na, die unbändige sexuelle Befreiung, mit Sex, Drugs und Rock 'n' Roll. Der Puls der Liebe heißt Woodstock. Da lebt sie auf, die geistige Freiheit. Aufgeputscht durch einen exzessiven Drogenkonsum. Zum Glück habe ich meine Spatzen, die meinen ungezügelten Lebenswandel in Bahnen halten. Ungebunden lebte ich hemmungsloser. Ich wäre mit Sicherheit seit Jahren komplett abgestürzt. Das ist wie bei dem Sisyphos von Albert Camus. Den Sinn in seinem eigenen Dasein finden. Meinen Lebensinhalt geben die beiden Spatzen mir. Wie sieht es bei Ihnen aus? Gibt es eine Zuckerpuppe, die Sie heiß und innig begehren?«

Was für eine indiskrete Frage schoss es Jan durch den Kopf. Er wich ihr aus, indem er das Thema wechselte.

»Wie sieht es mit Angeln für Ihren Sohn aus? Fische fangen, macht Kindern Spaß.«

Feldberg entgegnete seufzend und mit hochgezogenen Schultern: »Alles in der Vergangenheit ausprobiert. Mein Spatz hielt es für absolut langweilig. Liegt an der mangelnden Bewegung beim Warten auf den Besuch der Fische. Der See hört sich für einen Urlaubstag zugegebenermaßen prima an. Dieser Ausflug gestaltet sich mit Sicherheit zu einer reinen Männersache. Wegen dieser Personen in ihren Adam- und Evakostümen am Wasser. Tja, ich bin nicht abgeneigt.

Mir ist es eh absolut lästig, wenn die nasse Badehose am Hintern klebt. Meine Donata, die ist bisweilen verklemmt. Es ist ihr peinlich, wenn fremde Kerle sie angaffen. Sie besucht im besten Fall die Damensauna. Ihre erogenen Zonen bedeckt sie am liebsten. Nacktsein ist bei ihr eine schambehaftete Zurschaustellung ihres Körpers in der Öffentlichkeit. FKK ist für meine Donata logischerweise out.«

Jan nickte und betonte: »Na, am See hat das Völkchen in Badekleidung ebenfalls einen Heidenspaß. FKK ist nicht jedermanns Sache, im Mittelpunkt steht das eigene Körpergefühl. Freikörperkultur ist die stimulierende Lust auf ein beseeltes Gefühl zu seinem Körper und zur Natur. Das bemerkt man, wenn einem der Windzug auf der nackten Haut streichelt und die Sonne den Nacken, den Bauch und den Po küsst. Und das Wasser erst. Mit seiner Kühle hüllt es den gesamten Körper ein. Im Vordergrund steht nicht das Glotzen oder das Sattsehen an einer enormen Oberweite. Ebenfalls bedeutungslos ist das Anstarren von Hinterteilen und einen flüchtigen Blick zwischen die Beine zu werfen. FKKler sind alles andere als Spanner. Viele verwechseln das. Hinzu kommt, dass in unserer Gesellschaft einzig makellose Körper eine Chance haben. Das spielt beim FKK eine untergeordnete Rolle. Es weckt nicht die geringste Aufmerksamkeit, wenn Sie einen

Waschbrettbauch haben oder ob Sie eher aussehen wie ein fettiges Hängebauchschwein. Entschuldigen Sie den Vergleich. Ich meine, dieses absurde Bild haben viele Menschen von anderen im Kopf. Warum gibt es diese ganze Diätwerbung und diesen Fitnesshype. Es ist egal, ob die Brüste üppig und prall sind oder schlaff am Körper herunterhängen. Das kommt mit den Jahren. Wie bekannt ist, helfen da Botox Spritzen. Ja, bei manch einem hängt obendrein die Haut wie ein Lappen herunter. Ich meine, wegen des Körperfetts. Einer sieht aus wie frisch geschlüpft, ein anderer wie ein verschrumpelter Apfel.

Das sind normale biologische Vorgänge im Körper. Es gibt Menschen, die klapperdürr sind, und wieder andere sind mit Fleischmasse beladen. Ob im Schwimmbad, am See oder am Meer. Da liegen Dicke und Dünne wie in einer Sardinenbüchse aneinandergereiht nebeneinander. Das stört komischerweise keinen. Weil sie sich einbilden, sie sind mit ihrer Badekleidung angezogen, was mitnichten der Tatsache entspricht. Die Geschlechtsteile sind bedeckt. Das ist alles und das Ganze wegen der Scham von Adam und Eva und diesem Schuldkomplex und der ständigen Suche nach der paradiesischen Unschuld.

Sehen Sie sich die magersüchtigen Mädchen an. Diese lebensbedrohliche Erkrankung kommt von diesen bekleideten Gaffern, die Body-Maße vorschreiben. Und wehe, wenn sie die Bauform nicht erreichen. Dann ist Schwimmen out. Überall lauern die sensationshungrigen Zaungäste, die sie anstarren, dämlich glotzen und sich das Maul über die Fettbäuche zerreißen.

Logischerweise gibt es auch Menschen, die sich anständig verhalten und die eine moderne und tolerante Lebenseinstellung haben. Der Dominique zum Beispiel, das ist einer von den Anglern, der seit Ewigkeiten zur Kiesgrube gehört. Der stiert andere Badegäste nicht an und ist nicht hinter nacktem Fleisch her. Er giert bloß nach einer Zigarette und einem kraftvollen Bier. Da saß ich kürzlich mitten in der Natur, splitterfasernackt, mit an seinem Campingtisch. Wir hockten unter dem Schirm und haben uns über Gott und die Welt unterhalten.

Dominique ist anders. Das sieht man äußerlich bereits an seinem Kleidungsstil. Alles erinnert bei ihm ans Militär. Als überzeugter Pazifist, der den Wehrdienst verweigert hat, habe ich damit nichts am Hut. Der Dienst an der Waffe ist eine moralische Haltung, die für mich niemals im Einklang mit dem absoluten Frieden steht. Einen Parka zu tragen, lehne ich bis heute ab. Der Dominique trägt eine seiner kakifarbenen Trekkinghosen mit zahlreichen Beintaschen. Er sieht darin aus wie einer von der Armee. Trotz seines militärischen Outfits saßen wir bis zum frühen Abend zusammen, redeten und zwischendurch hantierte er mit seinen Ruten, Rollen und Schnüren herum. Er fing einen fetten Barsch, der passend zum Militär eine olivfarbene Maserung hatte. Er holte seinen Grillkoffer aus seinem grünen Zelt. Der Fisch landete auf dem Grill. Zum Essen tranken wir ein kühles Bier aus der Flasche. Ich verspeiste den Grillfisch in meiner Geburtskleidung und der Dominique verputzte ihn schmatzend in seiner Militärkleidung. Es war kein Problem für uns. Wir waren Menschen, die sich unterhielten, gegrillten Barsch aßen und das Bier in der Hitze genossen. Das war alles.«

Frank Feldberg hörte ihm scheinbar zu und lachte lauthals: »Ihre Zuckerpuppe ist eher ein Bürschchen, na, was soll's. Und was das Militär betrifft, da habe ich Sie falsch eingeschätzt. Sie und ein Wehrdienstgegner? Ich habe gedient. Eine leistungsstarke Armee ist notwendig zum Schutz und zur Verteidigung unseres Landes. Die meisten internationalen Konflikte lassen sich eben nur mit Waffengewalt lösen. In meiner Familie haben wir seit Generationen das Militär unterstützt. Mein Großvater war bei der Marine und mein Vater bei der Luftwaffe. Von ihm habe ich ein Erbstück hinten in der Küche, eine PPK. Die ist narrensicher in der Benutzung. Zur Sicherheit, falls ein angriffslustiger Kunde durchdreht.«

Mit versteinerter Miene hörte sich Jan an, was dieser glühende Militarist ihm erzählte. Er fragte sich, welche vorgeschobenen Bedrohungen militärische Operationen mit ihrer Zerstörung und der Vernichtung von Leben rechtfertigten. Diese gewaltverherrlichende Haltung und die herzlose Unverschämtheit, ihm zu unterstellen, dass er vom anderen Ufer sei, behagten ihm nicht. Nicht, dass er Ressentiments gegenüber Schwulen hatte. Dennoch hatte ihn diese üble Verdächtigung eiskalt erwischt und bohrte an seiner Männlichkeit.

Frank Feldberg würgte Jans Gedanken ab, indem er ein Smartphone auf den Tresen legte, es hochnahm und flüsternd nach vorn gebeugt sagte: »Sehen Sie, dieses Gerät ist eine bahnbrechende Innovation in Richtung Kamera-Smartphones. Das garantiere ich Ihnen sowie der Hersteller. Im letzten Phone-Magazin ist vor der Fachmesse auf diese Besonderheit mehrfach hingewiesen worden. Das hatte ich vorhin herausgehört, oder? Sie fotografieren gerne, nicht wahr?«

»Stimmt. Die Fotografie ist eines meiner zahlreichen Hobbys«, sagte Jan aufgeblasen.

Mit glucksendem Lachen fuhr Feldberg fort: »Ich habe Sie auf den ersten Blick treffsicher eingeschätzt.

Sie sind keiner dieser selbstverliebten, besessenen Selfie-Jäger. Angenommen, Sie planen, eine Porträtaufnahme von Ihrer Zuckerpuppe zu schießen ...«

»Ich habe keine derartige Puppe«, entgegnete Jan.

»Ach ja, das hatte ich vergessen, der Dominique war es. Kehren wir wieder zu unserem Gedankenspiel zurück. Sie benötigen für professionelle Bilder im Nahbereich einen Zoom. Diese Funktion der meisten Handykameras ist grottenschlecht. Diese eingebaute Kamera verfügt über ein integriertes Teleobjektiv. Da staunen Sie, was? Mir fiel beim Testen ebenfalls die Kinnlade herunter.«

Feldberg fuhr seelenruhig fort. Alles drehte sich um das Objektiv und um die künstliche Vergrößerung.

»Wer hat Lust, zusätzlich bleischwere Linsen mit sich herumzutragen? Ich nicht, Sie mit Sicherheit nicht, und ich kenne niemanden, außer man braucht es beruflich. Selbst die Profifotografen haben keinen Bock, diese bleiernen Objektivteile zu schleppen. Sehen Sie sich die Kriegsfotografen an. Die tragen kein fettes Teleobjektiv mit sich. Das behindert sie, wenn sie an vorderster Front von einem Trümmerberg zum nächsten Schutthaufen springen, während um sie herum die lebensbedrohlichen Kugeln zischen. Da fließt Adrenalin in breiten Strömen durch die Adern. In dieser gefährlichen Hölle sind kleinformatige und leistungsstarke Kameras gefragt. Die Fotos sind stumme Zeugen von Zerstörung, von Kampfhandlungen, von Verbrechen und von dem Leid der Zivilisten. Es gilt, die harten Schlüsselmomente, die Emotionen wie die Traurigkeit und die Momente des Mitgefühls ad hoc einzufangen. Die Handy-Kamera ist vergleichbar mit der Schlagfertigkeit in einem hitzigen Wortgefecht. Sie sprechen mit einer flinken Zunge und sie fotografieren mit einer flotten und wendigen Kamera. Optimale Voraussetzungen für Fotoessays.«

Jan nickte zustimmend mit dem Kopf.

Frank Feldberg sah ihn prüfend an und fuhr fort: »Ein Kunde von mir, der besitzt eine Spiegelreflexkamera mit einem Paket an Objektiven. Bis zu diesem berühmten Tag X hat er an dieser Kamera festgehalten. Er schleppte ewig seine fette Objektivtasche mit sich herum. Ein krasses Ereignis reichte aus, um ihn zur Vernunft zu bringen. Wissen Sie, was ich meine? Er ließ seine bleischwere Kamera sausen. Das war enorm schwer für ihn. Er ist eher einer der beratungsresistenten Burschen. Und warum wohl? Hm?«, fragte er Jan mit scharfem Ton.

»Mein Kunde hatte das wichtigste Motiv seines Lebens verpasst«, sagte er mit erhobenem Zeigefinger.

Obwohl Jan die Belehrung taktlos fand, heuchelte er Interesse.

»Sie haben es in der Lokalzeitung gelesen, oder? Diese Sache mit dem Bezirksbürgermeister. Der hat sich von einem hiesigen Bauunternehmer bestechen lassen. Als die Korruption herauskam, stürzte er sich von einer dieser in klassischer Form gebauten Bogenbrücken in den Tod. Über Wochen war das ein Gesprächsthema in der Stadt. Der Hammer kommt erst. Mein erwähnter Kunde arbeitet für ein Boulevardblatt, und zufällig stand er an dem besagten Tag zur richtigen Zeit unter dieser Brücke. Er schmiss einen unschätzbaren Wert weg. Ehe er sein Objektiv aufgeschraubt hatte, lag der Bürgermeister in seiner Blutlache neben ihm. Nichts mit dieser supertollen Großaufnahme«, lachte er.

Jan fand dieses Lachen schäbig und er zeigte kein Verständnis, wenn sich jemand über ein schmerzhaftes Thema wie Selbstmord amüsierte. Was war Feldberg für ein schräger Vogel, dem jegliches Mitgefühl fehlte? Es war grauenvoll genug, wenn jemand sein wertvolles Leben wegwarf. Der Schmerz der Hinterbliebenen war diesem Freak scheinbar ebenfalls egal. Die Stimme von Frank Feldberg klang lehrerhaft und überheblich.

»Sehen Sie. Ausgewählte Charaktere fotografieren und die Masse nicht. Das ist der Punkt. Diese Versager haben ein Spielzeug und nennen es Smartphone.«

Jan pflichtete ihm wie ein Schuljunge bei. Profihaft erläuterte Feldberg die Ausstattungsmerkmale.

»Sehen Sie diese Kameraeinstellung. Sie drücken auf diesen Knopf. Der ist für das Menü und die Farbtöne.«

Er zog seine Unterlippe nach innen, runzelte die Stirn und fuhr mit seiner oberlehrerhaften Belehrung fort.

»Beispielsweise fotografieren Sie eine Landschaft mit Bäumen, einer bunten Blumenwiese, blauem Himmel und Ihrem beigen Jackett. Haben Sie in Ihrem Leben jemals darüber nachgedacht, wie die Farben zustande kommen? Ich vermute, mit Sicherheit nicht. Schätzungsweise zwei Drittel der Menschen sind dazu nicht in der Lage. Ach, was sage ich?«, fragte er verächtlich.

»Mehr, mit Sicherheit die Masse. Und Sie? Gehören Sie zu dieser Mehrheit? Dieses Gros produziert Bilder, auf denen ein grünes Blatt nicht wie in der Natur aussieht. Ihr Sakko ist beige. Genauso sieht es auf dem Foto aus, das Sie mit dem Megateil von diesem Smartphone schießen. Nicht gelblich. Nein, das Beige sehen Sie auf dem Bild«.

Er fasste Jan am Arm und seine Hand glitt über sein Sakko. Jan riss sich zusammen und schluckte. Was fiel dem Feldberg ein? Seine Finger an seinem teuren

Jackett abzuwischen. Jan ekelte sich bei dem Gedanken an Feldbergs Schweiß, der in den Stoff kroch. Unauffällig trat er einen Schritt zurück.

»Sehen Sie, das gelingt mit einem fehlerlosen Sensor. Sie schauen ungläubig?«, setzte er nach.

»Die Pixel sind entscheidend, je mehr, desto besser. Es handelt sich um Megazahlen. Das ist der Wahnsinn. Da staunen selbst professionelle Fotografen.«

Frank Feldbergs Stimme überschlug sich. Er hob das Smartphone in die Luft und hielt es Jan vor die Nase.

»Sehen Sie. Es ist von außen nicht sichtbar. Die Ingenieure haben es in diesem schmalen Teil verbaut. Na, über welche ausgereifte Fotoentwicklung spreche ich? Ein Bildstabilisator logischerweise. Das kennen wir von den hochwertigen Fotoapparaten, die hammergeile unverwackelte Bilder liefern. Die sind nicht nur das Handwerkszeug eines Fotografen. Sie kennen als Hobbyfotograf mit Sicherheit diese leidvolle Unschärfe der Bilder, die durch zittrige Hände oder abrupte Bewegungen entstehen. Ein Amateurfotograf Ihres Formats ist todsicher am Tag und in der Nacht in der Natur unterwegs. In der Dunkelheit bietet Ihr See eine unvergleichliche Kulisse. Das Problem bei derartigen Nachtaufnahmen ist die lange Belichtungszeit, die zu Verwacklungen und unscharfen Bildern führt.

In diesem Smartphone steckt die unsichtbare helfende Hand des Bildstabilisators, die Ihnen zu astreinen Fotos bei Nacht verhilft. Diese Fototechnik ist ein Wunder, oder nicht?«

Jan kam sich vor, wie in einer Schulstunde.

Für einen Moment starrte Feldberg Jan fragend an. Dann wandte er sich wieder dem Smartphone zu.

»Ohne die Linse taugt die ganze Handykamera nichts. Diese, das garantiere ich Ihnen, ist das Neueste am Markt. Kein anderer Hersteller hat eine ähnliche Art im Handel. Sie sind ein Fachmann und kennen die Firma, oder? Zeiss, der Name steht für eine herausragende optische Qualität. Brillenträger wissen die legendären Gläser zu schätzen. Aufgrund ihrer präzisen Verarbeitung sind sie verdammt farbgenau«, sagte Feldberg mit einem Selbstverständnis, das keine Widerrede zuließ.

Jan antwortete angeberisch: »Meine Brillengläser sind zwar nicht von Zeiss. Aber es sind hochwertige Gläser aus Italien. Insgesamt ist es ein Designerstück, das ich günstig erstanden habe.«

Er setzte die Brille ab und zeigte das markante Label an der Seite der Fassung.

»Exquisit, Sie haben Geschmack. Italienische Mode ist stylish und ein Inbegriff von Lebensqualität. Da spüre ich la Dolce Vita«, zwitscherte Feldberg mit gespitzten Lippen und einem nachgemachten italienischen Akzent.

Jan fügte hinzu: »Paparazzo und Fellini fällt mir ein. Da stammt dieser Begriff für diese maßlosen Fotografen her, die die Prinzessin Diana in den Tod getrieben haben.«

»Tja, die Lady Di, der Fellini und der Trevi-Brunnen. Wenn Sie sich Anita Eckberg vorstellen, ihre Figur, das Abendkleid und die kraftvolle Haarmähne. Diese Femme fatale, nach der jeder Bursche schmachtet. Wie sie ihren Kerl verheißungsvoll ins Wasser lockt. Derartige Szenen sind eine Bildersymphonie einer über die Fleischeslust hinausgehenden Begierde, die Sie mit diesem Smartphone komponieren. Stellen Sie sich einen Künstler wie Henri Cartier-Bresson vor. Er war ein unumstrittener Meister der Straßenfotografie. Sie kennen seine Bilder?«

Die Frage war überheblich und mahnend. Für einen Moment herrschte Schweigen. Frank Feldberg griff unter den Tresen und holte ein zerfleddertes Magazin hervor und blätterte darin.

»Wo ist das? Ich habe es erst letztens gesehen. Es war diese Monatsausgabe. Ach, hier ist es. Sehen Sie. Der Moment ist mit Leidenschaft fotografiert. Dieser ungestüme Junge mit den beiden Rotweinflaschen. Ich vermute zumindest, dass es sich um Rotwein handelt.

Wie verschmitzt, der lacht. Wie mein Spatz Florian, der sieht genauso aus. Das Alter passt ebenfalls. Zwischen fünf und sechs Jahre.«

Jan tippte mit dem Zeigefinger auf das Foto und mit Bewunderung schossen die Worte aus ihm heraus: »Ich erinnere mich an einen Sterntitel über Cartier-Bresson. Der Autor nannte ihn den Meister des entscheidenden Augenblicks. Das passt zu dem, was Sie meinen. Der Zeitpunkt des Abdrückens ist ausschlaggebend. Derartige Fotos erzählen wahre Geschichten.«

Frank Feldberg nickte und hielt ihm das Smartphone vor die Nase und sah Jan grimmig an.

»Sie zaudern? Warum? Träumen Sie davon, den Gipfel des Erfolgs mit diesem Megastück zu erreichen? Na los, geben Sie sich einen Ruck.«

Frank Feldberg bedrängte ihn. Der hielt ihm das Smartphone direkt vor die Augen. Jan versuchte, den Kopf zur Seite wegzudrehen. Feldberg folgte jeder seiner Bewegungen mit dem Handy.

»Seien Sie nicht so fahrig. Sehen Sie diese neueste Technik. Ein Iris-Scanner. Eine bessere Absicherung gibt es nicht.«

Wie ein Mitarbeiter des Sicherheitsdienstes einer Firma oder Regierung fuhr er fort, die Datensicherheit durch die Erfassung der biometrischen Daten zu betonen. Er beugte sich über den Tresen in Richtung Jan und fragte: »Top-Sicherheit, wenn Sie Ihr Phone gedankenlos auf dem Tisch liegen haben und jemand versucht, es zu entsperren. Ich sage Ihnen, null Chance. Und weswegen?«

Überdreht redete er los: »Jedes Auge ist anders und dieser Infrarot-Sensor ist wie ein Schlüssel, nur besser und praktischer. Oder wie entsichern Sie Ihr altersschwaches Handy? Mit der PIN, was? Dieses ständige Tippen kostet Nerven. Ohne eine felsenfeste Sicherheitssperre ist es bekanntermaßen extrem problematisch. Bedenken Sie das Diebstahlrisiko. Die Kriminalität steigt munter an. Die Vergesslichkeit spielt ebenfalls eine Rolle. Was ist, wenn Sie es aus Versehen auf einer Toilette oder in einem Café liegen lassen?«

Jan verhielt sich reserviert und wortkarg. Nicht, dass er die Zweckmäßigkeit und die Klasse des Smartphones nicht erkannte. Ihn störte die bedrängende Art und statt sich zurückzuziehen, hörte er sich sagen: »Na, durchdacht ist es nicht. Ich meine das mit dem Infrarot. Mit einem Laserpointer leuchten Sie mit Sicherheit keinem ins Auge. Da riskieren Sie Augenschäden. Ich halte mir dieses Gerät Tag für Tag zahlreiche Male vors Gesicht und schädige freiwillig meine Netzhaut?«

»Papperlapapp, was heißt Laserpointer? Das ist ein erprobter Megaliner. Wo haben Sie diesen Unsinn her?

Höchstwahrscheinlich vom ordinären Volk, das nicht in der Lage ist, die modernen Verschlüsselungstechnologien zu begreifen? Anders ist Ihr Verhalten nicht zu erklären. Die ganze Welt setzt auf biometrische Daten. Mit ihnen lassen sich Kulturepochen überspringen. Wie beim Buchdruck!«, wiederholte er theatralisch.

»Unsere Personalausweise sind damit ausgestattet und in Kürze, finden Sie, keinen Quadratmeter mehr, der davon frei ist. Sie sind meiner Meinung nach ein moderner und recht gebildeter Mensch. Wo kommen Ihre Bedenken her?«, fragte er hart.

»Eine Person von Ihrem Kaliber erkennt in jedem Fall die Bedeutsamkeit dieser fortschrittlichen Entwicklung. Wenn Sie stattdessen Schwachstellen sehen, befürchte ich, dass Sie ein Opfer von Verschwörungsmythen sind.«

Ehe Jan antwortete, fuhr Frank Feldberg mit seinem Redeschwall fort: »Ich verstehe Sie nicht. Wenn alle darauf hereinfallen, dann prost Mahlzeit mit der Zukunft und zurück in die Steinzeit.«

Feldberg runzelte seine Stirn.

»Gestern ist vorbei, oder?«

Jan entgegnete: »Was meinen Sie?«

»Am hiesigen Flughafen ist ein Pilotprojekt ins Rollen gekommen. Haben Sie das nicht gelesen? Die ganze

Welt spricht davon. Die Kontrollen finden mit biometrischen Daten statt. Hauptsächlich mit dem Iris-Scanner. Proteste gibt es wieder, das übliche lautstarke Gezeter mit dem Datenschutz. Ich verstehe die meisten nicht, warum die an dem uralten Kram festhalten. Begreifen Sie das? Viele von denen, die demonstrieren, strömen mit Sicherheit ins Kino und sehen mit Leidenschaft Science-Fiction-Filme. Die dort gezeigten visuellen und technologischen Innovationen finden sie höchstwahrscheinlich umwerfend. Wenn eine persönliche Stellung für die neue Technik zu beziehen ist, dann kneifen die meisten Menschen. An der Rezeption in der Arztpraxis haben sie keine Probleme, lautstark vor zahlreichen anderen Patienten ihre Krankengeschichte hinauszuposaunen. Im Bus oder im Zug führen sie nicht zu überhörende, nutzlose Gespräche über ihr langweiliges Privatleben. Und bei Facebook und Instagram posten sie jede erdenkliche Intimität.«

Frank Feldberg zeigte fragend auf Jan: »Sind Sie in den sozialen Medien unterwegs?«

»Eh ...«

Noch ehe Jan antwortete, fuhr Feldberg fort: »Dort posten sie jede Kleinigkeit ihres Lebens anhand von Fotos und Videos. Die Currywurst mit Pommes, grölend mit den Kumpels im Fußballstadion, tanzend beim Rockkonzert, sonnenbadend am Hotelpool. Jeder unscheinbare Lebensteil ist beleuchtet. Nennen Sie dieses Verhalten Datenschutz? Und beim Iris-Scanner, da regen sich alle auf. Lächerlich ist das«, echauffierte er sich lautstark und schüttelte mit dem Kopf.

Was den Datenschutz betraf und den leichtfertigen Umgang mit der Privatsphäre in den sozialen Medien, da stimmte Jan ihm zu. Das sah er genauso. Es waren seine Worte, die Frank Feldberg da aussprach. Nur das mit dem Iris-Scanner sah er anders. Wortlos stand er vor dem Tresen. Seine Unsicherheit durchflutete den gesamten Laden. Er rang nach Luft wie ein Ertrinkender. Anfangs plante er, sich Modelle anzusehen und sich beraten zu lassen, und jetzt dieser gedankliche Stromausfall, der ihn in die Ecke drängte.

Er hatte sich auf der ganzen Linie in der Haltung von dem Feldberg getäuscht. Auf den ersten Blick sah er aus wie einer aus der Zeit der 68er-Revolte, und in diesem Moment präsentierte er sich wie einer dieser Kerle von einer verbürgerlichten Drückerkolonne.

Für endlos wirkende Sekunden starrte Frank Feldberg Jan mit frechem Gesichtsausdruck an. Wie aus einer Starre gelöst, schossen seine pfeilartigen Worte aus ihm heraus.

»Eine ausgefallene Schutzhülle brauchen Sie für Ihr neues Goldstück. Es wäre schade, wenn das Handy gleich beschädigt ist. Man kennt das. Das Smartphone rutscht aus der Hand oder aus der Tasche und man hat krasse Risse oder Sprünge im Display.«

Frank Feldberg runzelte seine Stirn und seine Augen klebten am Regal mit den Handyhüllen. Er pfiff und summte eine Musik vor sich hin, zu der er mit seinem Oberkörper wippte.

»Hm, was passt zu Ihnen?«

Er griff zwischen die Hüllen.

»Die Schwarze, hm, nee, dann kommt das Phone nicht zur Geltung. Wäre schade drum.«

Er fischte eine nach der anderen heraus, musterte sie und packte sie kopfschüttelnd zurück.

»Die sieht dürftig aus. Was habe ich da eingekauft?«

Das grüne Teil landete wieder im Regal. Er drehte sich um, schlenderte auf den gegenüberliegenden Tresen zu und schob die Glasfront zur Seite.

»Die exquisite Lederkollektion ist speziell für Sie und Ihr neues Goldstück. Die passt zu Ihnen. Sehen Sie, ach los, kommen Sie rüber.«

Jan zögerte einen Moment. Wie ferngesteuert und in Zeitlupe bewegte er sich hinüber.

»Fassen Sie sie mal an, natürliches Leder und samtig weich.«

Jan strich behutsam mit der Fingerkuppe über die Hülle und hörte sich wie ein Fremder sagen: »Ja, samt wie ein milder französischer Cognac. Fruchtig und mit bestem, erlesenem Geschmack für Kenner. Mit einem Hauch von Honig und Vanille, was der Farbe der Hülle nahekommt.«

Frank Feldberg brüllte euphorisch los und klatschte in die Hände: »Sie sagen es! Warum bin ich nicht von selbst darauf gekommen? Wie ein hauchzarter Cognac!«

Für einen Moment hielt er inne und sein Blick schweifte durch den Verkaufsraum.

»Moment, da habe ich für uns beide einen prachtvollen Hammer. Ich bin gleich wieder bei Ihnen.«

Jan streichelte über das weiche Leder. Die Farbe gefiel ihm und das Modell war von bester Qualität, die seine Persönlichkeit unterstrich. Die Hülle war absolut passend für einen Weltmann seines Formats.

Die Angebote mit der roten Aufschrift SALE hingen im Regal. Diese Hüllen in der Vitrine waren alle ohne Preisnachlass. Sie kosteten mit Sicherheit das Dreifache der verbilligten Hüllen. Während Jan über die möglichen Kosten der Lederhülle nachdachte, hörte er das seichte hölzerne Schlurfen von Frank Feldbergs Clogs, der mit zwei Wassergläsern in der einen Hand und einer Flasche in der anderen zurückkam. Frank Feldberg hielt die Flasche vor Jans Gesicht.

»Da staunen Sie. Das hätten Sie bei einem, wie mir nicht vermutet, was? Tja, dieser Armagnac ist ein

Erlebnis. Besser als die herkömmlichen Weinbrände. Dieser ist charaktervoll. Er verströmt Aromen von unbekannten Gewürzen und Früchten. Den trinkt man nicht wie den jüngeren Bruder namens Cognac. Diesen ausgezeichneten Tropfen lässt man über die Zunge gleiten«, sagte er.

Er öffnete die Flasche, schloss seine Augen und führte die Öffnung unter seine Nase und sog den Duft kraftvoll in sich ein.

»Ich spreche jetzt wie Sie über Ihren See. Hm, es riecht nach Vanille und in Richtung Orangen.«

Die Flaschenöffnung wanderte unter Jans Nase.

»Riechen Sie, na los, saugen Sie den Duft ein und lassen Sie ihn durch den Körper fließen. Im Vergleich zu der Umgebung Ihres Sees steckt in dem Getränk weitaus mehr Sinnenfreude drin.«

Jan sog das Aroma in die Nase und fragte sich, inwiefern dieser Armagnac sinnverwandt mit seinem See war?

»Na? Überwältigt? Mein Geburtstagsgeschenk. Im letzten Monat hat mich das Alter erwischt. Da stand ich im Brennpunkt des Interesses der Familie und Freunde. Das neue Lebensjahresmotto lautet für dieses Jahr null Entsagung und null Verzicht. Bescheidenheit ist der jämmerliche Slogan der Asketen. Bringen wir mit diesem Genuss unser Blut in Wallung.«

Frank Feldberg schwenkte geschickt die Flasche zu den beiden Gläsern rüber.

»Dementsprechend hinein damit in die Wassergläser. Kenner wissen, dass ein Jahrgangsarmagnac aus jedem Gefäß schmeckt. Das ist wie campen. Und Sie sind erfahren, mit Ihrem See und Ihrem Dominique.«

Frank Feldberg füllte die Gläser mit der bernsteinfarbenen Flüssigkeit bis zum Rand.

»Ich trinke um diese Uhrzeit nicht«, sagte Jan zögernd.

»Ach, papperlapapp, die Zeit, die spielt keine Rolle. Enthaltsamkeit ist ein spießiges Dogma. Haben Sie Mut zum Boykott dieses miefigen Denkens.«

Er setzte das Glas an, prostete ihm zu und spülte einen Schluck hinunter.

»Aaaah, ein Armagnac erfrischt und macht den Kopf frei. Auf Ihr neues Goldstück.«

Feldberg zeigte auf das Smartphone-Etui.

»Sehen Sie, obendrein ein Magnetverschluss. Der ist zweckmäßig und hält die Hülle sofort verschlossen. Das Beste ist, die Öffnung der Kamera bleibt unversperrt. Ach, das habe ich vergessen. Die hat zusätzlich eine Tasche für einen Geldschein oder die Kreditkarte. Da brauchen Sie kein Portemonnaie mehr mitzuschleppen und die Innentasche Ihres hochwertigen Sakkos leiert nicht aus. On top verringern Sie das

Diebstahlrisiko. Es ist eine geniale Erfindung«, rief er euphorisch und kippte sich einen weiteren Schluck Weinbrand in den Hals.

»Darauf stoßen wir noch einmal an.«

Die Gläser klirrten gegeneinander und Frank Feldberg atmete ein und sagte: »Absolut pfundig. Ende mit der Pause und an die Arbeit.«

In einem Schluck leerte er sein Glas. Mit der Hülle in der Hand stürzte er im Laufschritt auf die andere Seite des Ladens zu. Jan nippte an seinem Glas und war zu keiner Regung fähig. Eine unbändige Hitze stieg in ihm auf. Er holte sein Stofftaschentuch aus der Hosentasche und tupfte sich die Stirn ab. War es der Armagnac oder der Wortbeschuss von Frank Feldberg, der ihm den Kopf verdrehte und ihn zum Kauf drängte?

Am Verkaufstresen packte Feldberg das Smartphone in die Lederhülle. Triumphierend hielt er sie in die Höhe.

»Sehen Sie, sieht bombig aus, nicht wahr?«, juchzte Feldberg.

»Hier ist Ihr sahniges Megaprodukt zum Top-Preis. Ich gebe zu, ich mache mich nicht gern arm. Weil wir beide uns flott unterhalten haben, schenke ich Ihnen zum Nulltarif dieses Handystativ.«

Wie einstudiert griff er unter den Tresen und holte mit Schwung ein Ministativ hervor. Er klappte es kurz auf, nickte zustimmend und legte es neben das Smartphone.

»Die Telefonkarte tausche ich gleich aus?«

Jan handelte wie ein Roboter und fischte sein betagtes Handy aus der Tasche.

»Geben Sie her.«

»Hm, ein Bursche von Ihrer Klasse, mit solch einem Modell unterwegs? Sachen gibt's. Ach, ich übernehme gern die Elektroverschrottung für Sie. Der Elektronikmüll verschwindet sonst eh nur in irgendeiner Schublade.«

»Für alle gebrauchten Handys gibt es Ankaufspreise. Mein Handy ist farblich ästhetisch und es weist keinerlei Kratzspuren auf«, sagte Jan zaudernd.

»Über die Farbempfindung lässt sich mit Sicherheit streiten. Die Kriterien sind jedoch entscheidend. Ich sehe auf den ersten Blick, was dieser Schrott wert ist. Höchstwahrscheinlich gar nichts mehr, nothing, niente, nada.«

Frank Feldberg besah sich das Smartphone von allen Seiten. Er klopfte auf dem Display herum, hielt es gegen das Licht und behielt es für einige Minuten wie einen zentnerschweren Stein in der Hand, bevor er es zur Seite legte und einen Katalog hervorholte. Er blätterte darin herum und suchte mit den Fingern die Zeilen ab.

»Funktioniert es einwandfrei oder hat es irgendwelche Defekte?«

»Es funktioniert absolut tadellos«, sagte Jan.

»Hm, wie ich vorhergesagt habe, es ist nichts mehr wert.«

»Das ist für mich schwer verständlich, wenn ich an den Ursprungspreis denke. Es handelt sich um ein hochwertiges Markenprodukt. Es hat keinerlei sichtbare Kratzer oder sonstige Gebrauchsspuren. Im Übrigen sieht es wie die neuen Modelle aus«, sagte Jan entgeistert.

Frank Feldberg sah ihn mit einem bedauernswerten Blick an.

»Seien Sie zufrieden, dass Sie diesen Trödel loswerden. Das Modell ist technisch ewig überholt. Niemand von Welt kauft den Schnee von gestern, oder?«

Frank Feldberg wandte sich wieder dem frisch verkauften Smartphone zu.

»Ich packe Ihnen Ihre Telefonkarte in Ihr Sahneteil.«

Er drückte Jan das Handy mit einem süffisanten Lächeln in die Hand.

»Das hätten wir.«

An der Kasse tippte er den Betrag ein. Jan verfolgte jede seiner Bewegungen. Die Ziffern leuchteten eine nach der anderen auf dem Display der Kasse auf. In

Gedanken sprach er die Zahlen mit. Die eins, die acht, die drei und am Ende die fünf.

»Dieser Mega-Kauf macht schmale 1.835 Euro für den smarten Gentleman.«

Einen Moment später schlug Feldberg sich mit der flachen Hand an die Stirn.

»Ach, die Schutzhülle habe ich vergessen. Da kommt noch mal die Kleinigkeit von 175 Euro obendrauf.«

»Zahlen Sie bar oder mit Karte?«, fragte Frank Feldberg mit einem genüsslichen Lächeln.

Jan war frustriert und wie gelähmt. Das Blut stieg ihm zu Kopf und sein Gesicht errötete. Er hasste impulsive Käufe. In diesem Augenblick hatte er die Kontrolle über sich und sein Handeln verloren. Dieser Frank Feldberg hatte sich stückchenweise mit seinem leimenden Gelaber an ihn herangepirscht. Er klebte in seiner Falle und sah sich gezwungen, das Smartphone zu kaufen.

Er griff wie in Trance in seine Brieftasche und holte seine Scheckkarte heraus, die ihm Feldberg blitzschnell aus der Hand wegschnappte.

»Geben Sie her, ich mache das für Sie.«

Jan sah ihn entgeistert an.

Er drehte das Kartenlesegerät zu Jan und fragte spöttisch: »Na, kennst du mich?«

Jan öffnete seinen Mund, ohne einen Ton von sich zu geben.

»Na, Sie haben eine lange Leitung. Ihre PIN bitte. Die haben Sie hoffentlich im Kopf?«

Jan hatte den Laden mit dem Ziel einer simplen Beratung und ohne eine konkrete Kaufabsicht aufgesucht. Anderthalb Stunden später verließ er das Geschäft mit einem qualitativ hochwertigen Handy zum vermeintlichen Superschnäppchen.

3

Zu Hause angekommen, entdeckte er in der Post einen Prospekt mit seinem erstandenen Smartphone. Er traute seinen Augen nicht. Wie eine Seifenblase zerplatzte sein eitles Gefühl, wieder einen supergünstigen Qualitätskauf getätigt zu haben. Dieses angebotene Handy war sage und schreibe 135 Euro preiswerter. Er schüttelte ungläubig den Kopf. Er griff zum Telefon und wählte die Nummer des Marktes.

»Hallo, Jan Konrad am Apparat. Sie bieten in Ihrem Werbeprospekt auf der ersten Seite ein Smartphone für 1.700 Euro an. Ist das ein Druckfehler?«

»Nein, der Preis ist korrekt. Es handelt sich um eine limitierte Werbeaktion des Herstellers.«

Wortlos knallte Jan den Hörer auf die Ladestation.

»Das gibt's nicht! Dieser Mistkerl! Der hat das von Anfang an geplant. Der hat mir das Gerät unter Vortäuschung falscher Tatsachen aufgedrängt. Dieser

Schwätzer hat mir den Mund wässrig geredet und mich eiskalt betrogen«, fauchte er.

Er atmete schwer und schrie in den Raum hinein, bis er heiser war.

Er starrte wieder auf den Prospekt, knüllte ihn zusammen und warf ihn tobend in die Ecke.

»Ist das mein Qualitätsschnäppchen?«, jammerte er mit zitternder Stimme. Wutschäumend sprang er auf, hastete zum Fenster, riss es auf und kreischte schrill hinaus: »Jawohl, seit Jahren wittere ich Qualität zum günstigen Preis. Und heute diese Heimtücke!«

Der Straßenlärm verschluckte jeden Laut. Die Ampel an der Kreuzung schaltete dreimal von Grün auf Rot. Niemand kümmerte sich um sein wiederholtes Gebrüll und um die vermeintliche Hinterhältigkeit von Frank Feldberg.

»Was war los mit mir? Die Hitze hat mir mit Sicherheit zugesetzt.«

Er knallte das Fenster zu, stampfte in die Ecke, wo der zerknüllte Prospekt lag, hob ihn auf, stiefelte zur Couch, setzte sich und strich auf dem Glastisch die Werbeseite mit dem Preishit glatt. Eindeutig, das war sein neues Smartphone.

Die Daten stimmten in allen Einzelheiten überein. Die angeblich tageweise Akkulaufzeit passte wie die Faust aufs Auge. Ebenso die kurze Ladezeit sowie die

Weitwinkelkamera mit Autofokus und die Megapixel, die ihn überzeugt hatten. Am Ende obendrein der Irisscanner und dieses superextra großflächige und dünne Display. Vor Staub war es ebenfalls geschützt und gegen Erschütterungen und Stöße.

Und erst der gigantische Speicher, der war für ein Smartphone geballt. Tiefseetauglich war es zwar nicht, aber für die Arktis geeignet, da es extremen Temperaturen standhielt. Er hatte sich vorgestellt, wie seine Kollegen über dieses technische Flaggschiff staunten und vor Neid platzten.

Die Qualität und der angeblich abgespeckte Preis passten zusammen. Er hatte es im Ohr. Feldberg sagte, es handele sich um einen Preisknüller. 135 Euro für das Vorlesen des Produktblattes. Jan fragte sich, warum seine Entscheidungskompetenz außer Gefecht gesetzt war. Die einzige Erklärung, die ihm einfiel, war, dass der Feldberg sich hinterhältig in seine Intimsphäre eingeschlichen hatte. Das war seine Masche. Persönlich dick auftragen und seinen Charakter in den schönsten Farben malen und ihm damit den Bauch pinseln.

»Das hat der geschickt eingefädelt. Zuerst Vertrauen schaffen, indem jeder wie bei langjährigen Freunden von sich und seinem Privatleben erzählt. Und beim nächsten Schritt eiskalt zuschlagen«, schimpfte er vor sich hin. Es wurmte ihn, dass er auf diesen Türöffner Frank Feldberg hereingefallen war.

~

Das Klingeln des Telefons katapultierte ihn aus seiner Wut heraus.

»Was gibt's?«

»Nirgendwo werde ich derartig übellaunig begrüßt. Wo bleibst du? Ich warte mit dem Kaffee auf dich.«

Jan atmete schwer und mit nach Luft saugender Stimme sagte er: »Ach, du bist es, Mutti. Ich bin schon unterwegs. Auf dem Weg habe ich noch einen Kauf zu stornieren. Es dauert ein paar Minuten länger, bis ich da bin.«

»Vergiss den Erdbeerkuchen nicht.«

»Mit Sicherheit nicht.«

»Denk an die Sahne.«

»Klar. Bis gleich.«

Das kurze Telefonat hatte ihn oberflächlich beruhigt und seinen negativen Gedankenkreislauf unterbrochen. Der hatte ihn eiskalt übers Ohr gehauen und Profit aus seiner Gutmütigkeit gezogen. Das nagte an seinem Ich. Er betrachtete tödlich beleidigt sein neues Smartphone. Ein Haufen Gedanken schossen in Bruchteilen von Sekunden durch seinen Kopf und überschlugen sich.

»Aufgeben, nein, mit dieser schrägen Masche kommt der nicht durch. Ich bringe das Handy zurück und hole mir mein Geld, egal wie.«

Er schnappte sich die Schlüssel und die Haustür flog krachend ins Schloss.

~

Jan betrat den Laden. Feldberg packte Ware aus und hob den Kopf.

»Ach, Sie. Ist was mit dem Handy?«

»Das ist die Sache. Es ist ein Fehlkauf. Es wäre von Vorteil, wenn Sie es anstandslos zurücknehmen«, sagte Jan forsch.

»Ist es defekt?«

»Nein. Ich meine eine Rücknahme aus Kulanz.«

»Hören Sie, Sie erinnern sich an Ihre Ex. Geschenkt ist geschenkt. Und bei mir gilt, gekauft ist gekauft.«

»Ich beabsichtige, dieses Gerät zurückzugeben«, sagte Jan erregt.

»Es gibt keinen Rücktritt vom Vertrag. Es sei denn, die Gewährleistung setzt ein. Und das ist ersichtlich nicht der Fall.«

»Hören Sie, machen Sie eine Ausnahme und tauschen Sie es bitte um«, sagte Jan.

Feldberg sah ihn mit einem spöttischen Lächeln an und entgegnete: »Bei mir im Laden sind alle Produkte vom Umtausch ausgeschlossen.«

Jans Ruhe wich allmählich einem anschwellenden, tobenden Sturm.

»Sie haben mir Qualität zum Sonderpreis versprochen. Das Gerät gibt es weitaus preiswerter. Ich habe es heute gesehen. Im aktuellen Prospekt des Elektronikmarktes. Im Übrigen handelt es sich um eine preisreduzierte Aktion des Herstellers für dieses Modell. Derartige Werbepreisnachlässe gelten für die Kunden. Niemand beabsichtigt, das Geld in die Tasche des Händlers zu stopfen.«

»Sehen Sie im Geschäft ein Schild mit einer Exklusiv-Preisgarantie?«, schnauzte Feldberg los.

»Nein«, sagte Jan aufgewühlt.

»Korrekt. Erschwingliche Ware, mit oder ohne Preisnachlass, angeln Sie sich am Wühltisch im Markt gegenüber. Der Unterschied ist, dass ich mir diese Grabbeltischware nicht leiste. Verschwinden Sie! Na los, hauen Sie ab und amüsieren Sie sich mit dem Sahnestück.«

Jan geriet innerlich ins Wanken. In welchem dreisten Ton sprach Frank Feldberg mit ihm.

»Ihr Verhalten ist ohne Sinn und kundenunfreundlich. Ich bewege mich in diesem Laden keinen Zentimeter, bis Sie das Smartphone zurücknehmen.«

»Donnerwetter! Sind wir in einer Affenkomödie? Was haben Sie geraucht? Auf der anderen Straßenseite gibt es einen Psychiater. Jammern Sie dem Klapsdoktor Ihren Fehlkauf vor. Es ist vorstellbar, dass der ihr Handy samt ihrer Person einkassiert.«

Trotzig sagte Jan: »Ich benötige keine Ratschläge von Schwindlern, die mich über den Tisch ziehen. Das Erstgespräch beim Seelenklempner wäre für Sie eher angebracht. Ihre Lügerei ist krankhaft und gefährlich.«

»Da ist die Tür«, sagte Feldberg.

In dem Moment läutete die Türglocke. Ein Elternpaar mit einer Jugendlichen betrat den Laden. Das Mädchen kramte einen Zettel aus ihrem Rucksack heraus, legte ihn auf die Verkaufstheke und fragte: »Haben Sie dieses Modell?«

Feldberg sah auf das Stück Papier und beobachtete Jan, der sich keinen Meter aus dem Laden hinausbewegte, aus den Augenwinkeln.

»Klar, habe ich das.«

Er suchte das Modell heraus und drückte es dem Mädchen in die Hand.

»Sieht bombig aus. Echt krass«, sagte sie.

»Nicht wahr und heute für den Aktionspreis von lächerlichen 600 Euro«, entgegnete Feldberg.

Der Vater schluckte merklich. Säuerlich antworte er: »Ihr vermeintlich lächerlicher Preis strapaziert meine Geldbörse.«

Das Mädchen starrte die Eltern eingeschnappt an und entgegnete zickig: »Oh, erst versprecht Ihr mir ein neues Handy. Und wenn ich mich für eins entscheide, geizt Ihr herum.«

»Versuchs mit einem anderen gefärbten Ton. Du bist eine verwöhnte Göre«, sagte der Vater.

Seine Ehefrau legte ihm beruhigend die Hand auf die Schulter.

»Sie hat recht. Wir haben ihr ein neues Smartphone versprochen. Wie wäre es mit einem erschwinglicheren Gerät? Vielleicht ein Auslaufmodell?«

»Auf keinen Fall. Der veraltete Kram ist uncool. Mach gleich einen Haken an deinen Geistesblitz!«, keifte das Mädchen los.

Frank Feldberg versuchte, die Wogen zu glätten. Er bot den Eltern einen Ratenvertrag an. Er verwies auf die geringe monatliche Belastung.

Jan trat einen Schritt nach vorn auf den Tresen zu. Belanglos tuend, stellte er sich neben die Drei.

»Entschuldigen Sie, ich habe ungewollt mitgehört. Ich kenne mich mit Finanzen aus. Ein Ratenkauf ist auf keinen Fall zu empfehlen. In diesen Zeiten, in denen das Geld an Wert verliert, ist es sinnvoller, den kompletten Preis in bar auf den Tisch zu legen. Wegen der Inflation. Wobei das Handy mir überteuert scheint. Der Elektromarkt in der Mall gegenüber hat es heute in der Werbung. Ich entsinne mich, dass das Angebot unschlagbar günstig ist. Auf jeden Fall ist es 135 Euro preiswerter. Topmodelle zum Preishit«, sagte er vergnügt und zwinkerte dem Mädchen zu.

Frank Feldberg war perplex und sichtbar um Fassung bemüht. Ein derartiges Verhalten eines Kunden hatte er in den ganzen Jahren seiner Selbstständigkeit nicht erlebt. Nach ein paar Minuten fing er sich wieder und wandte sich an die Eltern.

»Es ist Privatsache, wo man sein Handy kauft. Dieses Modell verkaufen alle möglichen Geschäfte vom Einzelhändler bis zur Kette. Ob das Smartphone in dem Elektromarkt um exakt 135 Euro preiswerter ist, das bezweifele ich. Rabatte ergeben sich im Übrigen durch das Einkaufen in Mengen. Ich als Einzelhändler kaufe geringe Margen, die logischerweise die Produkte verteuern. Der Finanzausgleich ist für die Top-Beratung, die ich biete. Und beachten Sie, wenn das Smartphone im Eimer ist, zeigt Ihnen der Elektroladen auf der Straße gegenüber die eiskalte Schulter. Bei mir erhalten Sie für die Zeit der Reparatur ein Ersatzgerät allererster Sahne.«

»Ohne Scheiß, welche Beratung meinen Sie?«, giftete der Vater abschätzig.

Jan pflichtete ihm lächelnd bei und gähnte: »Diese Erklärung für den Aufpreis ist zum Einschlafen.«

»Oh los, marschieren wir zur Mall rüber«, nörgelte das Mädchen.

Die Mutter sah peinlich berührt den Vater an. Dieser wandte sich Jan zu.

»Danke für Ihre Aufrichtigkeit. Das ist hochanständig von Ihnen.«

Er fasste seine Ehefrau und die Tochter am Arm und drängte sie aus dem Laden.

»Na, das war eine Sternstunde! Nicht jeder fällt auf Ihre Geldschneiderei herein!«, rief Jan vergnügt, nachdem die Drei das Geschäft verlassen hatten.

Frank Feldberg schluckte verkrampft. Mit erhobener Stimme tobte er: »Was bilden Sie sich ein? Sind Sie sich dessen bewusst, dass Ihre verleumderischen Aussagen absolut geschäftsschädigend sind? Das nennt man üble Nachrede. Wer, wem Geld erstattet, ist an dieser Stelle klar. Sie sind schadenersatzpflichtig. Ich verlange die mir entgangenen 600 Euro und gegebenenfalls Schmerzensgeld.«

»Unter welcher Kinderkrankheit leiden Sie? Ich habe lediglich eine Tatsache ausgesprochen«, entgegnete Jan siegessicher.

»Es reicht, raus! Sofort, anderenfalls rufe ich die Bullen!«

»Hoppla, die Polizei will er rufen. Dass ich nicht lache!«, schnaufte Jan verächtlich.

»Welche Geschichte binden Sie denen auf? Ein Kunde hat einem anderen einen Ratschlag erteilt? Meines Wissens ist in diesem Land eine Kaufempfehlung legal.

Das nennt man Meinungsfreiheit. Es handelt sich um ein Herzstück unserer Demokratie, mit der Sie deutlich erkennbar nichts am Hut haben. Die freie Meinung ist von unschätzbarem Wert. Ich stehe in diesem Laden als ein Symbol des Widerstandes im Kampf für die freie Stimme. Wir leben in einem freien Land«, sagte Jan oberlehrerhaft.

Jan griff in seine Sakkotasche. Er holte bedächtig sein Smartphone heraus, das er über den Verkaufstresen schob.

»Hören Sie, das Spiel mit den überteuerten Produkten endet heute bei mir. Sie verhalten sich ehrenwert und widerrufen den Kaufvertrag. Ich gebe Ihnen Ihr Handy, einschließlich der Schutzhülle, zurück. Sie zahlen mir im Gegenzug meine geleistete Zahlung aus. Die Alternative ist eine Preissenkung um die 135 Euro, die Sie mir in bar auszahlen. Zu dem Zeitpunkt der Geldaushändigung ist die Sache vergessen«, sagte er trocken.

Frank Feldberg atmete durch und seine Hand ballte sich zur Faust. Er hatte Lust, auf Jan einzuprügeln. Dieser Kunde tanzte aus der Reihe. Er vergraulte ihm obendrein seine Kundschaft. Am Markt tobte momentan ein gewaltiges Preisgewitter, das ihn in eine Wirtschaftsflaute trieb. Angebote durch radikale Verbilligungen gab seine Preiskalkulation nicht her. Wenn er damit anfing, seine Gewinnmargen auf null zu setzen, war die Abwärtsspirale vorgezeichnet. Frank Feldberg kannte diese Sorte Mensch, die ihm ein Gräuel war. Mit ihrem Halbwissen betraten sie sein Geschäft und erwarteten eine auf ihre eigenwilligen Bedürfnisse zugeschnittene Fachberatung. Nachdem sie sein Geschäft verlassen hatten, surften sie vollgestopft mit brauchbaren Informationen auf der Suche nach den Superschnäppchen im Internet. Es lag ihm seit Jahren schwer im Magen, dass er der Erfüllungsknecht dieses geldgierigen Packs war.

»Hören Sie«, sprach Feldberg mit beschwichtigender Stimme auf Jan ein.

»Sie sind aus freien Stücken in mein Geschäft gekommen. Ich habe Sie fachkundig beraten und ein zu Ihnen passendes Liebhaberstück ausgewählt. Qualität gibt es nirgendwo zu Flohmarkt-Preisen. Ach, was soll's, schenken Sie sich dieses Spektakel, es sind nur 135 Euro. Zischen Sie mit dem Megaliner ab und haben Sie Freude daran.«

Jan presste seine Lippen aufeinander. Seine Augen verwandelten sich mit jedem Wort von Frank Feldberg zu einem schmaleren Streifen. Das Schlucken fiel ihm schwer.

Mit bebender Stimme brüllte er: »Was für eine Beratung? Ihr Laden ist ein einziger Trödelmarkt, wo man einer Gehirnwäsche ausgesetzt ist. Ihre Geldschneiderei war eindeutig geplant. Dieses unverblümte Ausplaudern von privaten und intimen Gegebenheiten war eine abgebrühte Strategie von Ihnen. Den piekfeinen Pinkel einlullen mit dem Gequassel, dann kauft er freiwillig das Handy. Ebenso der Weinbrand, dem haben Sie irgendeine üble gefügig machende Droge beigemischt, um meinen Kaufwiderstand zu brechen.«

»Sie sind eindeutig ballaballa. Mit Sicherheit haben Sie die Entwicklung Ihres Gehirns verpasst. Eine Wäsche ist unter diesen Umständen logischerweise überflüssig«, fauchte Feldberg.

»Sie sind unsachlich und treiben ein hinterhältiges Spiel mit mir. Das hat schwere Konsequenzen«, keifte Jan mit hochrotem Kopf Frank Feldberg an, der unterdessen seine Clogs ausgezogen hatte. Mit nackten Füßen sprang er mit einem Satz über den Tresen, packte Jan am Arm und zerrte ihn mit den Worten: »Hausverbot! Raus!«, in Richtung des Ausgangs. Er sprintete hastig zurück, schnappte sich das Smartphone und warf es Jan zu, der am Türausgang stand, regungslos, mit einem ausdruckslosen Gesicht und mit kraftlos herabhängenden Armen erstarrt wie eine Statue.

»Verpiss Dich!«

Jan bewegte sich keinen Zentimeter. Er tippte mit dem Zeigefinger dreimal auf sein Handy und in einem forschen Ton sagte er: »Ihr Hausverbot spielt in unserem Stück eine Nebenrolle. Die Hauptrolle ist mit diesem Smartphone besetzt. Dieser Star verschwindet von meiner Bühne und reist im Austausch mit dem von mir bezahlten Geld in Ihren Laden zurück.«

Wutschnaubend blaffte Feldberg Jan an.

»Stimmt mit Ihnen etwas nicht? Auf welchem Planeten leben Sie? Eine derartige Show ist mir in all den Jahren nicht untergekommen. Sie sind aus irgendeiner Anstalt entlaufen. Anders ist Ihr bescheuertes Auftreten nicht zu erklären?«

Jan kochte innerlich. Diese Beleidigungen demütigten ihn derart, dass er sich fuchsteufelswild in Rage redete.

»Hören Sie auf mit diesen Unverschämtheiten. Sie schießen übers Anstandsziel hinaus. Wissen Sie, solche erbarmungswürdigen Kreaturen, die in den untersten Schubladen herumwühlen, sind für mich im Regelfall reinste Luft. Sie sind ...«

Frank Feldberg stand, mit beiden Händen in den Hüften gepresst, neben dem Verkaufstresen und äffte ihn nach: »Sie sind ..., Sie sind ..., na, was bin ich? Da bleibt Ihnen die Spucke weg, was? Und jetzt raus hier, eh ich mich vergesse!«

Jan trat ein paar Schritte vor. Seine Nase berührte um ein Haar den Zinken von Feldberg. Ohne zu zwinkern, starrte er ihm in die Augen.

»Ich, Jan Konrad, verlasse diesen Laden erst, wenn Sie dieses Gerät in meiner Hand zurücknehmen und mir den Kaufpreis erstatten. Sehen wir, wer den längeren Atem hat. Ich lasse mich, wie gesagt, nicht vom Platz fegen.«

Gefühlte dreißig Sekunden standen sie sich wie zwei lauernde Boxer gegenüber. Jeder hörte das Atmen des anderen.

Jan legte sein Smartphone auf den Verkaufstresen neben die Kasse.

»So, ich habe meine Ware ordnungsgemäß und unbeschadet zurückgegeben. Da liegt die ganze Pracht, wie Sie sehen.«

Frank Feldberg setzte sich mit bedächtigen Schritten in Bewegung. Als er auf den Tresen zuschritt, richtete er seinen Blick auf das Handy. Er griff sich das Gerät, drehte sich zackig um, holte aus und schmiss es Jan zu, der filmreif die Finger spreizte und wie bei einem Flamenco-Tanz beide Arme in die Höhe riss und es mit einem dumpfen Aufstöhnen auffing.

Statt die Lage zu entschärfen und Jan zu beruhigen, verlor Feldberg die Nerven. Unbeherrscht brüllte er: »Raus, Sie und Ihr Mistding!«

»Ha, das aus Ihrem Mund. Sie geben zu, dass es sich um ein lausiges Produkt handelt. Für diese minderwertige Ware verlangen Sie diesen Haufen Geld? Ein zweitklassiges oder sogar drittklassiges Massenprodukt geben Sie als Qualitätsware aus? Etikettenschwindel nenne ich das. Der Verbraucherschutz zeigt mit Sicherheit Interesse an Ihrem illegalen Verhalten«, sagte Jan triumphierend.

Feldberg hechtete auf ihn zu, packte ihn mit Gewalt an seinem Sakko und zog ihn daran zur Tür.

Jan drehte sich zur anderen Seite. In dem Moment riss der Stoff. Er stolperte und sein Smartphone flog ins Leere. Entgeistert betrachtete Jan das Loch in seinem Ärmel. Es kochte in ihm. Der hatte sein Lieblingssakko zerrissen. Eine Maßanfertigung, die er sich speziell im letzten Urlaub anfertigen ließ. Ein im Preis radikal reduziertes Einzelstück, exquisit vom seidigen knitterfreien Stoff bis zum Muster. Mit solch einem optischen Highlight schmissen sich nicht mal die Models auf den Modeschauen in Mailand oder Paris in Schale.

Er kochte vor Wut. Ein fetter Kloß verengte seinen Hals und schnürte seine Luft ab. Das Blut schoss in sein verzerrtes Gesicht. Mit zitternden Händen hob er sein Handy auf und steckte es vorsorglich in seine Sakkoinnentasche.

»Jetzt gibt's was auf die Fresse!«, schrie er. Er drehte sich mit einem Schwung um und schlug mit der Faust zu.

Frank Feldberg hatte den wuchtigen Schlag nicht kommen sehen und taumelte mit aufgerissenen, überrascht blickenden Augen, nach hinten. Trotz des Versuches, sich zu fangen, fiel er rücklings auf den Boden.

»Das ist für mein Sakko, Sie ..., Sie falscher Hund.«

Unter der linken Augenbraue war ein Riss zu sehen, aus dem das Blut heftig herausschoss und sich seinen Weg in Frank Feldbergs Auge suchte. Er wischte mit seinem Handballen sein Sichtfeld trocken, rappelte sich auf und torkelte hinter den Verkaufstresen. Er wühlte in einer Schublade, holte ein weißes Tuch hervor und presste es auf die Wunde. Das Tuch verfärbte sich sternförmig rot. Er fluchte irgendetwas vor sich hin, drehte sich um und verschwand im hinteren Gang. Jan blieb penetrant wie an einer Haltestelle wartend stehen. Verdutzt sah er Feldberg ins Gesicht, der vor ihm stand und mit einem Stockschirm ausholte. Jan duckte sich, dennoch traf ihn der Schirm mit gewaltiger Wucht auf den Oberkörper. Der dumpfe Schmerz raubte ihm kurzfristig den Atem und zwang ihn in die Knie. Die eine Hand am Boden, die andere auf seinem schmerzenden Körper, japste er nach Luft, hob den Kopf und sah Feldbergs rechten Fuß auf sein Kinn zufliegen. Er schmeckte Blut und seine Zunge schnitt sich an einem seiner Zähne. Er spuckte die blutige, klebrige Masse und ein nicht definiertes Stück aus. Keuchend und unverkennbar schwer angeschlagen sagte er in gekrümmter Haltung und auf den Boden blickend: »Das büßen Sie mir.«

Frank Feldbergs nackte Füße sprangen über ihn. Er riss die Tür auf, verankerte sie und zerrte an Jans Schultern und schliff ihn in Richtung Ausgang. Jan spannte seinen Körper an und versuchte, schwer wie ein nasser Sack zu sein. Er strampelte mit aller Kraft mit dem rechten und linken Fuß.

»Feierabend!«

Hinter ihm knallte die Ladentür zu.

~

Sein Körper war eine einzige schmerzende Masse. Er fragte sich, warum er sich als überzeugter Pazifist, der sich in aller Regel um friedliche Lösungen bemühte, auf diesen Gewaltexzess eingelassen hatte. Er griff in die Innentasche seines Sakkos und vergewisserte sich, dass das Smartphone da war. Er besah es sich von allen Seiten. Dank der kostspieligen Schutzhülle schien es nichts abbekommen zu haben.

Verkrampft schleppte er sich zum Stadtbrunnen hinüber und setzte sich mit zittrigen Beinen auf die Ummauerung. Der seichte und sommerliche Wind trug den Sprühnebel von dem Wasserstrahl, der sich stoßweise in die Höhe schießenden Mittelfontäne direkt in sein lädiertes Gesicht. Auf den kleineren Fontänen bildeten sich sprudelnde Wasserperlen, die in Schaum getränkt schienen. Jan zog, mit schmerzverzerrter Miene, sachte sein Sakko aus und besah sich die eingerissene Stelle. Es war ausgeschlossen, dass ein Kunstschneider dieses Loch mit filigranen Stichen wieder beseitigte. Die Erkenntnis schmeckte bitter. Es war ein Ausnahmekleidungsstück aus italienischem Tuch. Die eleganten Knöpfe verliehen dem Sakko einen Hauch von Eleganz. Es saß wie angegossen und dieser Stoff trug sich mit einer ungeheuren Leichtigkeit. Hinzu kam, dass er den Preis dieser famosen Handarbeit geschickt heruntergehandelt hatte.

Sein Mund schmerzte tierisch. Mit den Fingern glitt er an seiner geschwollenen Lippe entlang und versuchte, mit der Zunge den defekten Zahn zu identifizieren. Das Atmen fiel ihm schwer. Er stöhnte und hielt sich schmerzhaft die eine Körperseite. Der von Feldberg mit Schwung ausgeführte Schlag mit dem Stockschirm hatte punktgenau seine Rippen getroffen, die seiner Meinung nach mindestens geprellt waren.

Er holte aus seiner Hosentasche sein Stofftaschentuch heraus und tauchte es in das Brunnenwasser. Das nasse Tuch packte er unter sein Hemd, auf seinen Brustkorb. Die Kühle linderte für einen Moment seine Schmerzen. Seine Lippen kribbelten und brannten höllisch.

Mit Vorsicht zog er seinen rechten Schuh aus. Diesen cognacfarbenen, aus feinstem Kalbsleder hergestellten Oxfordschuh hatte er sage und schreibe um nahezu die Hälfte günstiger erstanden. Er stellte ihn mit Bedacht neben sich auf den Brunnenrand, damit er nicht ins Wasser fiel. Jan beugte sich nach vorn und zog den Strumpf aus, den er in dem rauschenden Nass tränkte. Ausreichend gekühlt presste er ihn auf seine Lippen.

Die seichte Kühle vertrieb den klopfenden, in ihm arbeitenden Schmerz um eine Winzigkeit. Alle paar Minuten erneuerte er seinen Strumpfverband.

Er beugte sich schräg nach hinten, mit der einen Hand auf den Brunnenrand gestützt und in der anderen die Brille und das Sakko haltend. Seinen Kopf hielt er über eine der Fontänen, deren Wasserstrahl seine Wunden erfrischte. Die Kühle transportierte Frank Feldberg und die Gedanken an ihn weg. Eine Weile blieb er wie festgefroren in dieser Position sitzen. Das Rufen einer weiblichen Stimme, »Wie wäre es mit einem Erdbeereis in einer knusprigen Butterwaffel?«, riss ihn aus seiner Erstarrung.

Der Erdbeerkuchen und seine Mutter schoben ihn wieder in die Realität.

Er zog den anderen Strumpf ebenfalls aus. Seine nackten Füße schlüpften in die Schuhe. Ein Umstand, der ihm fremd war. Bei dem Wetter blieben die mit Sicherheit nicht trocken. Er schauderte bei der Vorstellung von dem Schweiß, der sich in dem Schuhwerk festsetzte und einen üblen Geruch verursachte. Kurzfristig wog er ab, sich ein paar neue Strümpfe zu kaufen. Da er eh spät dran war und seine Mutter mit dem Kaffee wartete, verwarf er diesen Gedanken wieder.

4

Mit dem Erdbeerkuchen bewaffnet schleppte er sich zu seiner Mutter. Er hatte zusätzlich eine doppelte Portion Sahne mitgenommen. Sie wartete ungern und hasste es, wenn er unpünktlich war. Aller Voraussicht nach war sie in einem mürrischen Gemütszustand. Die Schlagsahne verbesserte seiner Meinung nach die Stimmungslage. Er hatte beim Treppensteigen Schmerzen in der Brust und schnaufte bei jeder Stufe. Seine Zunge glitt über den abgebrochenen Zahn. Seine Lippen blähten sich wie ein praller Luftballon auf.

Sie stand unverkennbar geschockt in der Tür.

»Oh mein Gott, wie siehst du aus! Deine untere Gesichtshälfte ist ein einziger Hefekloß!«

Wortlos drückte er ihr das Kuchenpaket in die Hand und tappte an ihr vorbei in die Küche, wo er seine Strümpfe ins Eisfach legte.

Seine entgeisterte Mutter schüttelte mit dem Kopf und sagte: »Bist du komplett durchgedreht? Seit wann gehören die ins Gefrierfach?«

Aufgeregt öffnete sie das Kuchenpaket. Jan holte unterdessen seine Strümpfe wieder aus dem Eisfach, setzte sich auf den Stuhl am Fenster und kühlte seine aufgequollenen Lippen. Frustriert starrte er in den Garten. Sein Gesichtsausdruck verriet einen im Keller liegenden Gemütszustand. Er versuchte, seine Wut zu kanalisieren und verharrte in einem Augenblick des gedanklichen Stillstands.

»Du hast ein richtiges Froschgesicht und dein Sakko, das ist eingerissen. Bist du in eine Schlägerei geraten?«

Er hüllte sich in Schweigen.

»Rede mit mir. Du bist unwirklich. Hast du das Sprechen verlernt? Oder warum gibst du keinen Mucks von dir?«, fragte sie erregt.

Mehr beiläufig antwortete er: »Ach, nichts von Weltklasse, ist eine belanglose Sportverletzung, weißt du, vom Trainieren mit den Kids. Ich habe den Ball frontal geküsst. Das ist alles.«

»Und dein Sakko, warum ist das eingerissen?«, fragte sie bedenklich.

»Meine Jacke?«, konterte er ungläubig. Er sah an seinem Arm herab, zog sein Jackett aus und besah sich

die Kanten und die Nähte von allen Seiten, bis er entgeistert mit aufgeregter Stimme rief: »Du hast recht,
wann ist das passiert?«

»Es sieht grauenvoll aus, ich meine dein Gesicht«,
sagte sie mütterlich besorgt, während sie den Wasser-
behälter der Kaffeemaschine füllte.

»Du verheimlichst mir mit Absicht, was geschehen
ist. Unterschätze bitte deine Mutter nicht.«

»Ach, ich sehe mir mein Gesicht mal an.«

Er hatte keine Lust, mit ihr über seine Probleme zu
sprechen. Sie stärkte ihm in dieser Hinsicht eh nie den
Rücken. Sie begriff nicht, dass Qualität zum günstigen
Preis bei ihm ein Wohlbefinden auslöste. Und diese
Qualitätsware zu finden, war das sichtbare Zeichen
seines Erfolgsschlagers, der ununterbrochen spielte.
Das waren unter die Haut gehende und unverwechsel-
bare Erlebnisse, die vergleichbar ein Top-Matador im
Stierkampf genoss. Jan verglich seinen Qualitätspreis-
kampf mit dem Stil der Stierkämpfer, der von ihrer
glanzvollen Beherrschung und Geschicklichkeit
zeugte.

~

Er erschrak vor seinem eigenen Spiegelbild. Mit einer
derartigen Entstellung hatte er nicht gerechnet. Die
Schwellung schmerzte tierisch. Seine rechte Unterlippe war gequollen. Sie hing schräg runter und bei

näherer Betrachtung zeigten sich winzige Risse mit geronnenem Blut. Seine Mutter hatte recht. Nur der Vergleich mit einem Frosch hinkte. Er sah eher wie eine fette Kröte aus.

Mit schmerzverzerrtem Gesicht besah er sich seinen abgebrochenen Schneidezahn. Tränen stiegen ihm in die Augen. Im Gegensatz zu anderen Menschen erhielt er ausgezeichnete Noten für seine Zahnpflege. Unterwegs hatte er immer eine Reisezahnbürste und eine Tube mit Zahnpasta und ein Mundwasser in der Tasche. Bot sich keine Gelegenheit, sich die Zähne zu putzen, vermied er jegliches Essen. Ausgerechnet im Frontbereich, wo man sofort hinsah. Ein top Gebiss stellte ebenfalls eine Form des klassischen Erfolgs dar. Diese Begegnung mit dem Frank Feldberg hatte diese Erfolgsgeschichte gewaltsam zerstört. Er plante, sofort nach dem Kaffeetrinken zum Zahnarzt durchzustarten.

Seine vorhandene, aufgepeitschte Wut bahnte sich mit gewaltiger Kraft und Intensität einen Weg durch seinen angeschlagenen Körper. Er zitterte vor Erschöpfung. Sein Gesicht war kreidebleich. Er schwitzte, sein Magen schnürte sich zusammen und rebellierte. Er hatte das Gefühl, ein dicker Fremdkörper blockierte seinen Hals. Er schnappte vermehrt nach Luft. Im letzten Moment schaffte er es, den

Deckel der Toilette hochzureißen. Wie ein Sturzbach trat der Mageninhalt mit einer enormen Kraft aus ihm heraus.

Er spülte behutsam seinen Mund aus. Mit den Fingerspitzen spritzte er sich Wasser ins Gesicht. Die Nässe tupfte er sacht mit dem Handtuch ab, da jede kleinste Berührung ein Brennen verursachte.

~

Im Flur roch es nach Kaffee. Seine Mutter hatte im Wohnzimmer eingedeckt und das hochwertige Geschirr aus dem Schrank geholt. Ein Erbstück von ihrer Mutter, an dem sie hing. Jans Blick heftete sich gedankenverloren auf die Tassen und Teller, ohne dass er die handgemalten Motive der bunten Vögel und der Sträucher, die den türkisfarbenen Tellerrand umrankten, wahrnahm.

Er durchdachte sein weiteres Vorgehen und versuchte, den Tatsachen ins Gesicht zu sehen. Dieser Zwischenfall trieb ihn zur Weißglut. Der Feldberg hatte ihn derartig übel zugerichtet. Das war unentschuldbar.

Seine Augen streiften die Berge von Fotos auf dem Couchtisch. Er setzte sich und wühlte teilnahmslos durch den Haufen. Das erstbeste Foto griff er auf. Es zeigte seine Mutter und seinen Vater vor Jahren auf einer Bank sitzend in den vatikanischen Museen

Stanze di Raffael vor einem übergroßen Fresko. Der Vater bekleidet mit einer dünnen weißen Sommerhose und einem tiefgrünen Poloshirt. Seine bloßen Füße gruben sich in die blauen Sneakers. Die nackten Füße waren ein dauerhafter Streitpunkt zwischen ihnen. Sein Vater bezeichnete die nackten Füße in den Schuhen als Akt der Freiheit. Ohne Socken in die Schuhe zu schlüpfen, war für Jan dagegen ein No-Go. Er sah auf seine Schuhe, in denen seine Quanten ohne Strümpfe steckten. Der Blick wühlte ihn innerlich auf und sein Zorn gegenüber diesem Frank Feldberg steigerte sich.

Er besah sich das Foto genauer. Der Vater hatte einen Arm um die Schulter der Mutter gelegt. An der anderen Seite hing, wie jederzeit an ihm gesehen, die rote Fototasche mit seiner Kameraausrüstung mit Wechselobjektiven unterschiedlichster Brennweite. Das Fotogeschwätz von diesem Feldberg zog wie eine bedrohliche Gedankenkette in seinem Kopf entlang. Entkräftet von seinen Schmerzen und seinen Gedanken, wandte er sich wieder dem Foto zu. Die leuchtenden Augen des Vaters waren eindeutig zu erkennen. Er liebte alles, was das Wort Kunstwerk in sich trug. Es war keine dieser oberflächlichen Lieben. Nein, er recherchierte bis ins Detail, tauchte ab in die Tiefen und fragte nach der Geisteshaltung und den Gefühlen des

Künstlers. Rom war die Herzdame seines Lebens. An jeder Ecke entdeckte er Kunst. Am Ende war die ganze Stadt für ihn ein sprühendes Kunstgemälde. Zu allen Zeiten inspizierte er mit dem Fotoapparat bewaffnet Burgen, religiöse Orte, Museen und Plätze. Die Mutter begleitete ihn und ertrug die endlosen Museumsgänge mit Geduld. Schlug sie alternative Reiseziele vor, lehnte er diese rigoros ab.

Entweder Rom oder sie reisten nirgendwo hin. Das war sein eigensinniger Vater, der niemals zu einem Kompromiss bereit war. Wie bei diesem Frank Feldberg, der seine Bedürfnisse über die seiner Kunden stellte, schoss es Jan durch den Kopf.

Seine Mutter kam mit der Kaffeekanne und dem Kuchen herein.

»Ach, das hast du hervorgesucht«, sagte sie. Sie stellte die Kanne ab und setzte sich neben ihn.

»Sieh mal, wie schmuck dein Vater da aussieht, mit seinem angebräunten Teint und seinen dichten schwarzen Haaren. Na, ich hatte mich in ihn verguckt, ohne diese brennende Liebe. Mit der Zeit gewöhnte ich mich an ihn. Er war traditionell und recht verlässlich. Bei Liebenden hält die lodernde Flamme der Leidenschaft auch nicht bis in alle Ewigkeit an. Die anfänglichen Schwärmereien weichen am Ende der Gewöhnung.«

Jan fragte, was er immer fragte, wenn sie darauf zu sprechen kam.

»Und warum hast du ihn später geheiratet?«

»Das weißt du doch. Ich habe es dir mit Sicherheit mehr als hundertmal erzählt. Deinetwegen. Du warst unterwegs. Damals blieb einem blutjungen Mädchen nichts anderes übrig, wie zu heiraten. Alleinerziehend mit einem unehelichen Kind? Das löste gesellschaftlich einen Skandal aus. Die Nachbarn hätten mich im besten Fall eine Schlampe genannt und dich einen Wechselbalg. Wer versorgte uns? Zu der Zeit war das Mannsbild der Ernährer.«

Die übliche Ausrede, die sie seiner Meinung nach hervorbrachte. Sie hatte sich dem erstbesten Kerl an den Hals geworfen. Ihr unwürdiges Verhalten deutete auf ihre mangelnde sexuelle Kontrolle hin.

Sie lenkte von dem kurzen Einwand ab und fuhr fort: »Sieh mal, typisch, seine Kameraausrüstung. Das hat ihn gewaltig gewurmt, dass in der Sixtinischen Kapelle das Fotografieren verboten war. In der Mehrzahl der Fälle ignorierten die Touristen das Verbot und fotografierten heimlich. Dein Vater widerstand seiner Leidenschaft und befolgte selbstbeherrscht die Anordnung. Das nennt man Respekt vor der Spiritualität. Die eindrucksvollsten Bilder sind eh im Gedächtnis gespeichert.«

»Immer korrekt, ja, dafür war er bekannt. Ein klassisches Vorbild für die Welt mit seinen Prinzipien«, antwortete Jan mit anklagendem Unterton.

Seine Mutter sah ihn an und entgegnete: »Und? Was ist daran falsch? Nicht jeder ist ein Lebenskünstler. Die Menschen heute lehnen gewisse Werte wie Pünktlichkeit, Verlässlichkeit und Korrektheit überwiegend ab. Daraus resultieren diese ganzen Probleme.«

»Was für Probleme meinst du?«, fragte Jan beiläufig mit einem spitz klingenden Unterton.

»Na, mit den Jugendlichen, die keinen Respekt mehr vor ihren Eltern und den Lehrern haben. Das liest man jeden Tag in der Zeitung. Die Polizei berichtet ebenfalls über die Respektlosigkeit ihr gegenüber«, sagte sie mit Überzeugung.

»Mutti, korrektes Verhalten finde ich OK. Vaters Gerechtigkeitssinn, der war schwierig und mit Sicherheit verkehrt. Zumindest in seiner Interpretation. Ab und an fehlte ihm der Durchblick und er forderte mit einer Vehemenz sein vermeintliches Recht ein. Nüchtern betrachtet hätte ihm ein Stück Bescheidenheit und Zurückhaltung besser gestanden«, führte Jan belehrend aus.

»Jan, ich bitte dich. Dein Vater lebte nach sinnvollen Werten. Ab und an gab es zwar Streitereien mit anderen Menschen. Was glaubst du, weswegen? Weil die sich nicht an die vereinbarten Abmachungen hielten«, sagte sie.

Blitzartig sah er sein Problem glasklar vor sich. Es war wie beim Hindernislauf. Alle sprangen über die Hürden, mit der Ausnahme von Frank Feldberg, der die Spielregel missachtete.

»Was ist daran verkehrt, für Werte einzutreten?«, fragte sie kopfschüttelnd in seine Gedanken hinein.

»Ich habe nicht gesagt, dass es falsch ist. Er war zu unkontrolliert, wenn ...«

»Jan, lass uns das Thema beenden. Erzähl mir lieber, was vorgefallen ist.«

Er sah gedankenversunken weiterhin auf das Foto und nach einer Weile entgegnete er: »Ich bestehe darauf, dass das Thema weitergeht. Vater war unbeherrscht. Ständig diese Auseinandersetzungen mit seinem Umfeld und dir.«

»Du übertreibst. Er war aufbrausend, wenn andere skurrile politische Haltungen hatten. Er war ein gebildeter Mensch. Seine Aufklärung prallte an manchen Personen ab. Er stürzte sich mit Worten auf diese Dummköpfe, die kümmerliche Vorstellungen davon hatten, was gesellschaftlich auf dem Spiel stand. Er war anderen gegenüber zu rücksichtsvoll. Wortwaffen taugen nichts. Mehr Kaltblütigkeit und ab und an eine klare Kante zeigen. Das hat sich seit der Steinzeit bewährt«, antworte sie schnippisch.

»Ach nein, die steinige Zeit, der Höhlenmensch und die Keulenhiebe. Beide über Jahrzehnte bei dir absolut praxiserprobt. Hör auf damit, Mutti. Du verhältst dich mit deinen Ansichten unreif«, entgegnete er genervt.

»Zumindest habe ich genügend Erfahrung und erkenne den Nutzen von Gewalt. An Universitäten forschen sie ebenfalls zu dem Thema«, sagte sie beherzt.

»Mutti, du übertreibst. An den Unis beschäftigen sie sich primär mit den Ursachen von unbeherrschtem Verhalten und der Gewaltprävention. Die Aufklärung liegt hinter uns. Wir sind mittlerweile zivilisiert und lösen unsere Probleme auf eine vernünftige Art. Heute kämpfen wir mit Worten und nicht mit Fäusten«, belehrte er sie.

»Du mit deinen zusammengeschnürten Maßstäben, Jan. Mit dem Humanismus und dem Widerstand gegen alles Militärische. Weißt du, wie du deinem Vater mit deiner antimilitaristischen Weltanschauung einen Schlag versetzt hast?«, fragte sie harsch.

»Sicher, du hältst es mir ja regelmäßig vor. Andere Mütter schwärmen von ihren artigen und tugendhaften Söhnen, die einen Dialog des Friedens fördern und dazu beitragen, den Teufelskreis der mit Waffen geführten blutigen Gewalt zu beenden«, blaffte er sie an.

»Ich lebe auch gern in holder Eintracht und gehe Streitereien aus dem Weg. Ob es dir passt oder nicht. Mit deinem oberschlauen Gerede lässt sich manches nicht bestreiten«, entgegnete sie mit einem Selbstverständnis, das keine Widerworte duldete. Nach einer Pause fuhr sie mit scharfem Ton in der Stimme fort: »Weißt du, Jan, wie bezeichnest du deinen desolaten Zustand? Gewaltfrei und friedlich sieht anders aus.«

Er überhörte ihr Gerede und wühlte teilnahmslos in dem Bilderberg herum.

»Oh, das Bild mit dem Deckenfresko. Dein Vater hat diese Kirche aus der Barockzeit entdeckt. Die Deckenmalerei, die die Geschichte von Jesus darstellte, war farblich gesehen, göttlich.«

Jan nickte und griff sich ein anderes Bild. Es zeigte einen Sakralbau und einen Teil des Innenhofes mit zwei Palmen und einem Brunnen.

»Das war ein wahres Sahnestück für deinen Vater. Jedes Mal, wenn wir in Rom waren, suchte er die San Clemente auf. Weil, wie er sagte, hier die gesamte Historie Roms sichtbar sei. Na, ja, ich fand es übertrieben und wartete bei einem Espresso auf ihn.«

Bei den Worten Sahnestück und die Geschichte Roms spulte seine ganze Story mit diesem Frank Feldberg wie ein aufwühlender Film vor ihm ab. Die Stimme seiner Mutter, die fragte: »Jan, worüber grübelst du?«, holte ihn aus seinem Gedankenkäfig. Er heuchelte Interesse und stöberte im Bilderhaufen herum. Das oberste Bildmotiv zeigte eine typische Leidenschaft des Vaters. Ein Teller, vollgefüllt mit Spaghetti Carbonara. Jan drehte das Bild und hielt es sich dicht vor die Augen.

»Wo wart ihr da?«, fragte er seine Mutter auf das Foto zeigend.

»Im La Fraschetta, dort gibt es die besten Spaghetti und köstliche Nachspeisen, die ein unvergessliches kulinarisches Erlebnis sind. Ein sündhafter Leckerbissen war das Tiramisu mit der luftigen Mascarpone-Creme.«

Ein anderes Bild zeigte eine Bucht mit azurblauem Wasser und steilen Hängen, an denen die Häuser hochkrochen. Dieses Foto weckte bei Jan Erinnerungen an seine eigenen Italienurlaube, wo er durch malerische, verwinkelte Gassen, umgeben vom Duft der Pinien, schlenderte. Er sehnte sich die vergangenen Abende herbei, an denen sein Blick auf die nach den letzten Sonnenstrahlen lechzenden, grün schimmernden Weinberge glitt. Abende, wo die Luft vom allgegenwärtigen Klang der Zikaden erfüllt war und der Himmel in ein glühend rötliches Farbenspiel eintauchte. Er sah sich in einer Taverne auf der Terrasse sitzend. Vor sich ein Teller mit der schmackhaften hausgemachten

Pasta, mit dem Basilikum sowie dem roten, aromatischen Rubino.

Dieses Bild hatte er sich für die paar Tage Urlaub zu Hause vorgestellt. Zum See fahren, die Natur erleben und am Abend in der Osteria um die Ecke eine Kleinigkeit essen, eine Karaffe Rotwein trinken und das mediterrane Flair genießen.

Innerlich schäumte er vor Wut bei dem Gedanken an seinen verfehlten Handykauf und diese absurde Schlägerei, auf die er sich zwangsweise eingelassen hatte.

»Jan, was ist los? Du bist knallrot im Gesicht. Du siehst erbarmungswürdig aus«, sagte seine Mutter besorgt.

»Nein, ist alles in Ordnung. Es ist die Hitze, die mir zusetzt. Ein kühler Ort wäre sinnvoll. Ich habe es dir hundertmal gesagt. Die Rollläden zieht man am Morgen nach dem Lüften herunter. Man lässt erst wieder Licht hinein, wenn die Sonne abschwächt«, entgegnete er mit einem erschöpften Tonfall.

Er knöpfte sein Hemd auf. Sein Taschentuch fiel von seiner Brust. Hastig steckte er es in seine Hosentasche.

»Deine Verletzung ist kein Hingucker. Dein Gesicht ist furchtbar zugerichtet. Besser ist es, wenn ein Arzt sich deine Wunden ansieht, sagte sie besorgt.«

»Wozu? Gegen die Schwellung hilft eh nur Kühlen«, entgegnete Jan und als ob ihn das Ganze nicht beträfe, wandte er sich wieder seinem Bilderhaufen zu.

Da war der Blick auf die Engelsburg, aufgenommen vom gegenüberliegenden Ufer, wo ein Angler auf einem weißen Plastikstuhl saß.

Der erinnerte ihn an seinen Anglerfreund Dominique und die unverschämte Anspielung auf seine sexuelle Ausrichtung von diesem elenden Frank Feldberg.

Ein anderes Bild zeigte eine antike Treppe, die zum Verweilen einlud. Ein Pärchen schlürfte gemeinsam aus einer erkennbaren Colaflasche und auf dem Knie eines jugendlichen Kerls in Shorts, mit gelben Turnschuhen, Sonnenbrille und langen Haaren ruhte der Kopf eines Mädchens, das sich sichtbar auf einer Treppenstufe lümmelte.

Am Rand des Bildes entdeckte er eine Person, die auf der Steinbrüstung sitzend ein Buch las. Ein anderes Foto zeigte ein Werbeposter, das auf eine Jazzveranstaltung verwies. Dazwischen waren Fotos mit Lebensmitteln wie Weißbrot, einem Schinken, Käse, Tomaten, schwarzen Oliven, Artischocken und Pilzen.

»Wer hat Vater und dich dort am Tisch sitzend fotografiert?«, fragte er seine Mutter, die ihre Gabel mit dem Stück Erdbeerkuchen zum Mund führte, innehielt und wieder zurück auf den Teller legte.

»Das war ein Freund deines Vaters, den wir in Rom getroffen haben.«

»Bis heute war es mir unbekannt, dass er einen Fan hatte«, sagte Jan zynisch.

»Dein Vater hatte genug Freunde. In dem Restaurant dort schlemmten wir bis zum Umfallen. Antipasti mit frittiertem Spargel und im Ofen gebackene Auberginen. Und erst diese goldbraunen Kroketten. Die waren lecker.

Genauso wie die mit Hack gefüllten Champignons und die in Scheiben geschnittenen, gegrillten Zucchini. Der Hauptgang mit den Spaghetti und der würzigen Soße war unser Favorit. Zum Nachtisch löffelten wir genussvoll diese köstliche Weinschaumcreme. Der vorzügliche Frascati rundete den Geschmack ab und der großzügige Wirt spendierte uns mit der Rechnung einen Armagnac«, sagte sie vergnügt.

Das Wort Armagnac trieb ein Flammenmeer durch seinen Körper, das die Wut in seinen Adern brennen ließ.

»Ach ja, zu zweit ist es um ein Vielfaches besser. Was ist mit dir und der Zweisamkeit? Deine letzte Freundin, das ist ewig her. Die fand ich nett, obwohl sie altersmäßig unpassend für dich war.«

Es wurmte ihn, dass sie dieses Thema ansprach. Er hatte ihr oft genug gesagt, dass die Damenwelt seine

Angelegenheit sei. Die Probleme der Paarbeziehung von heute übersah sie.

»Nett sein, ist ein dürftiges Argument für eine Beziehung. Und das Alter ist nachrangig. Außerdem kommt es auf das Innere, gemeinsame Hobbys und den Lebensstil an. Ich lebe ohne Partnerin besser«, sagte er mürrisch.

»Jan, du bist aus dem Teenageralter heraus. Dein Haar ist bald schlohweiß und du bist weiterhin solo. Die Nachbarn sprechen mich ständig darauf an. Sie vermuten, dass du ... na, du weißt, was ich meine«, sagte sie peinlich berührt.

Seine eigene Mutter sprach wie dieser Frank Feldberg.

»Du sagst es!«, keifte er sie an.

Nach einer kurzen Stille zwischen beiden fuhr er fort: »Was ist unstimmig an mir? Na, sag es.«

»Jan, du weißt, was ich meine«, sagte sie aufgewühlt.

»Du glaubst, ich bin schwul«, entgegnete er schroff.

»Nicht direkt. Es ist nicht ausgeschlossen, dass deine Hormone verrückt spielen. Es ist eine körperliche, vorübergehende Schwäche«, sagte sie kleinlaut.

»Diesen Geistesblitz mit den Hormonen notiere ich mir. Das ist der Grund, weswegen ich mich sexuell spartanisch verhalte«, sagte er erregt und blaffte fragend: »Was hast du gegen die gleichgeschlechtliche Liebe? Oder gilt deine ausgeprägte Abneigung einzig den sich liebenden Kerlen?«

»Das ist der Punkt. Empfindest du es in deinem Alter als normal?«, fragte sie kämpferisch.

»Mutti, wir sind im 21. Jahrhundert und du lebst in unendlichen Zeiträumen davor und bestimmst, was zur Normalität gehört. Und das alles aufgrund irgendeiner sexuellen Vorliebe«, sagte er kopfschüttelnd.

»Deine Belehrungen sind unangebracht, Jan. Unsere Vorfahren waren männlich und weiblich und sie haben Kinder gezeugt. Das ist der Gang der Welt«, entgegnete sie beleidigt.

»Bei dieser Sicht handelt es sich um einen extrem eingeschränkten Gedankenkosmos inmitten einer moralischen Düsternis, hervorgerufen durch die Erziehung. Die hat bei dir eine Verankerung von Stillstand in gesellschaftlichen Sichtweisen bewirkt. Obendrauf kommt die eingeimpfte Weltanschauung der Kirche. Der Sinn des Lebens besteht einzig in der Fortpflanzung, die aus der Krone der Schöpfung den Menschen macht. Man nennt solch eine Sicht reaktionär. Diesen ganzen Schmarren mit der Vermehrung und der Weitergabe der ach so ehrbaren Gene, die zu einer Kopie des Originals führen. Das hatten wir alles in der völkischen Zeit des Nationalsozialismus«, brüllte er sie an.

»Ich bitte dich, wie redest du mit deiner Mutter«, entgegnete sie grimmig.

„Was empörst du dich? Ist es meine bescheidene politische Korrektheit, die dich auf die Palme bringt?«, blökte Jan sie an.

Kleinlaut antwortete sie: »Na, ich wünsche mir ein Enkelkind. Das ist alles.«

»Ach, für einen Enkel suche ich mir irgendeine Eva«, zischte Jan sie an und fuhr fort: »Weißt du, die biologische Uhr ist bei einem Weib meines Alters abgelaufen. Pech für die Kinderproduktion«, sagte er ironisch.

»Jan, Ausnahmesituationen gibt es. Du hast doch Kinder ins Herz geschlossen. Das sehen Außenstehende an dem Fußballtraining mit deinen Jungs. Du bist für sie wie ein Vater. Achtsam und ein Vorbild.«

»Du sagst es. Ich habe genug Nachwuchs«, entgegnete er süffisant.

»Bin ich die Oma von Kindern fremder Menschen?«

»Da haben wir es wieder, dieses völkische Gerede«, raunzte er sie an.

»Jan, ich verstehe dich nicht. Jeder liebt sein eigenes Blut mehr als das Fremde. Was ist daran verkehrt?«, sagte sie mit einem Selbstverständnis, das ihn wurmte. Diese Diskussionen mit ihr führten in eine Sackgasse.

»Ich habe null Verlangen auf eine Bindung«, entgegnete er patzig.

»Jeder Mensch sucht nach Zweisamkeit. Radtouren ohne Begleitung habe ich satt. Bei Parkspaziergängen schlendern alle anderen Händchen haltend an mir vorbei. Sie unterhalten sich. Was glaubst du, Jan, wer mit mir spricht?«, fragte sie ihn aufgebracht.

»Mutti, das Alleinsein hat Vorteile. Jede Kleinigkeit erfordert in einer Beziehung Kompromisse. Letztlich zieht man mit seiner uneigennützigen Nachgiebigkeit den Kürzeren. Und diese langweiligen, aufgeschraubten Gespräche beim Spazierengehen beanspruchen zusätzlich die Nerven. Diese Radtouren, von denen du mit deiner Zweisamkeit träumst, sind anstrengend. Du hetzt hinter dem Partner her und kommst ausgepumpt ans Ziel«, belehrte er sie.

»Diese Einsamkeit ist für mich alles andere als eine Sternstunde, Jan. Hast du dir jemals ausgemalt, wie es ist, wenn ich in einem Café oder in einem Restaurant sitze? Innerlich bin ich in diesen Augenblicken mit Sicherheit nicht beseelt.«

Sie redete sich in Rage und bezog ihr unfreiwilliges Einsiedlerdasein auf ihn.

»Alleinsein ist der härtere Weg. Das lass dir von deiner Mutter gesagt sein. Ich beobachte die Pärchen, wie sie Eis essend auf den Bänken sitzen. Es ist keine

Wonne, allein diesem Vergnügen nachzugehen. Man vereinsamt und der einzige Partner ist wie bei dir das Handy.«

Ihr letztes Wort schob das Bild von dem Feldberg vor sein Gesicht. Dieser Gedanke an sein Smartphone und den unerbittlichen Kampf entfachte in ihm wieder einen kräftigen Sturm, der durch seine Gefühle tobte.

»Mutti, weißt du, das Handy ist seit Jahren mein Liebhaber«, konterte Jan giftig.

»Ein derartig gleich gesinnter Romeo wäre ebenfalls was für dich. Der erwärmt das Herz, wann immer du es benötigst. Und das Beste ist, er duftet fabrikneu«, setzte er bitter nach.

»Dein Gerede verblüfft mich, Jan. Ich sprach von einer Zweisamkeit und nicht von einem Liebhaber.«

»Da hast du recht«, sagte er beschwichtigend.

»Na siehst du, ich frage mich, warum du dann sagst, dass du ohne eine Bindung besser zurechtkommst.«

»Ich habe es anders gemeint. Ich unternehme gern Aktivitäten zu zweit«, sagte Jan.

»Seit Jahren habe ich einen gegenteiligen Eindruck. Du handelst störrisch und reserviert wie ein Esel. Was dir für eine Zweisamkeit fehlt, ist der bescheidene Wunsch, gemeinsam Höhen und Tiefen zu bestreiten und die Momente der Freude und die des Schmerzes miteinander zu teilen«, entgegnete sie ernüchtert.

»Mutti, die Voraussetzung ist, dass das Gemeinsame stressfrei und problemlos ist«, fügte er belehrend hinzu.

»Was für Stress und welche Probleme? Hast du das bei deinem Vater und mir erlebt? Oder früher mit uns beiden?«, fragte sie entrüstet.

»Ein Problem ist zum Beispiel, dass ich öfter länger arbeite. Denkst du, das gefällt den Damen. Mein Geld, das geben sie gern mit aus. Ständig diese Fragerei. Warum kommst du später? War dein Telefon defekt? Schick eine WhatsApp. Ich habe nicht die geringste Lust, jede Minute Rechenschaft über mein Leben abzugeben. Die Streiterei, was den Urlaub betrifft, ist unerträglich. Ich bin ein kulturinteressierter Mensch. Eine Angetraute, die am Strand abhängt, ist tabu. Ein Zusammensein auf dieser Basis funktioniert einzig mit Hängen und Würgen. Diese verwöhnten Grazien mit ihrer Faulenzerei und diesem späten Aufstehen haben mir meinen ganzen Urlaub versaut. Wenn dein Partner erst gegen Mittag aufsteht, ist eine kulturelle Tour aus zeitlichen Gründen gestrichen.

Die Damen wälzten sich auf ihrer Liege am Pool von links nach rechts. Im Meer schwimmen? Die angeblichen Quallen spielten die kleinste Rolle. Sie betonten, dass sie mit ihren Schwimmbewegungen die Aufmerksamkeit der Haifische auf sich ziehen. Am Wasser lang waten war unmöglich. Und falls du dich fragst, warum, tja, weil das Verlangen der Damen faulenzen hieß. Bloß die Fußsohlen nicht belasten. Erinnerst du dich an meine Kreta Reise? Durch die naturreiche Samaria-Schlucht wanderte ich allein.«

Sie schüttelte mit dem Kopf.

»Was? Das ist neu. Du hattest dieses Mädchen mit den brünetten langen Haaren mit.«

»Ja, ich war liiert, aber die Dame hatte einen Sonnenbrand auf der Nase, der diese Tour verhinderte. Ich ließ mir wegen dieser Bockigkeit das eindrucksvolle Naturerlebnis nicht entgehen. Diese Schlucht mit den meterhohen Felswänden, die sich an einer Stelle vollkommen verengen. Das ist ein Erlebnis für sich. Du wanderst an Hängen entlang, die teilweise aus Steinschutt bestehen und dazwischen gibt es Schatten spendende Bäume. Kiefern wie bei uns, Feigenbäume und Zypressen. Überall nisten Vögel und in den Wänden kleben Pflanzen und es riecht nach Salbei. Wer Glück hat, sieht einen Steinbock und manchmal eine der rar gesäten Wildziegen. Die erste Etappe verläuft bis zu dem Dorf, wonach die Schlucht benannt ist. Da wohnt niemand mehr. Das Örtchen ist für Touristen erhalten. Der Weg führt über zahlreiche Brücken und nach geraumer Zeit ist man in der Tiefe am Fluss. Dort kühlte ich mir meine wund gelaufenen Füße in dem

eiskalten Wasser. Am Ende der Schlucht kommst du
mit der Fähre wieder zurück. Ich wartete bis zur Ab-
fahrt und saß mutterseelenallein im Restaurant an einem Tisch. Tja, so teilte ich diese auf mich einwirkende
Naturgewalt mit niemandem.«

Sie goss den Kaffee ein, löffelte Sahne vom Kuchen
in die Tasse und schob sich genüsslich ein Stück von
dem Erdbeerkuchen in den Mund.

»Es ist schade, dass die Reise misslungen ist. Man-
che Ausflüge haben dein Vater und ich ebenfalls wegen eines schmerzhaften Sonnenbrandes abgesagt. Ich
erinnere mich, dass ich zweimal eine knallrote ver-
brannte Haut hatte, die mit zahlreichen Blasen übersät
war. Mir war schlecht und ich hatte hohes Fieber.
Kühle Umschläge waren das einzige Mittel, was half«,
sagte sie lächelnd.

Jan pikste ein Stück von dem Kuchen auf die Gabel,
führte sie zum Mund und legte sie wieder auf den Teller. Seine Mutter sah ihn fragend an: »Schmeckt es dir
nicht?«

»Unmöglich, ich meine mit meiner geschwollenen
Lippe«, sagte er, lehnte sich zurück und fuhr mit seiner
Erzählung fort: »Der Unterschied zu dir und Vater ist,
dass ich ihr den Urlaub spendiert hatte. Und wenn ich
an die Sauerei in der Wohnung denke, die sie regelmäßig angerichtet hatte, macht es mich nachträglich

fuchsteufelswild. Die Badewanne war ständig wegen ihrer burgunderroten Haartönungen fleckig. Das Abschrubben war meine Aufgabe. Und wenn ich die Platzdecken, du weißt, die filigranen Weißen mit dem Grünschimmer, frisch gewaschen hatte, kleckerte sie mit Absicht irgendetwas darauf. Mal war es Orangensaft, dann Ketchup oder ihre Sojasoße.

Ewig lagen ihre Klamotten herum, obwohl es einen Kleiderschrank gab. Nein, sie stapelte ihre gewechselten Hosen, Blusen und Strümpfe und anderes Gedöns in der Ecke des Zimmers auf. Der Hocker und die Fensterbank quollen über. Und im Flur die Garderobe erst. Ewig hingen dort zig Jacken. In meiner Abwesenheit hat sie sich ihre Freundinnen eingeladen und vergnügt schlürften sie am Nachmittag Prosecco. Und wer kaufte nach einem anstrengenden Arbeitstag ein? Ich. Da bin ich lieber für mich und ärgere mich nicht mit solchen Weibern herum.«

»Du übertreibst, Jan. Denkst du, das war zu meiner Zeit anders. Dein Vater und ich, wir waren streckenweise unterschiedlicher Meinung und haben manch einen harten Konflikt ausgetragen.

Am Anfang hatten wir die finanziellen Sorgen. Sein teures Hobby mit den hochpreisigen Kameras habe ich ohne Murren unterstützt. Glaubst du, dass mir seine zahlreichen Flirtgeschichten gefallen haben? Wir haben uns zusammengerauft, immer wieder«, sagte sie belehrend.

»Du warst die brave Eva, die vorbildhaft den Schwanz eingezogen hat und seinen Flausen nachgab. Wenn das der ausschließliche Beziehungsstabilisator ist, na dann, prost Mahlzeit«, entgegnete er besserwisserisch.

»Jan, Harmonie und Vernunft sind ein Paar. Von meiner Zurückhaltung hast du ebenfalls profitiert. Du bist zumindest kein Scheidungskind. Eigenarten hat jeder von uns. Ihr seid heute zu bequem, anspruchsvoll und zu dünnhäutig. Statt einer ordinären Hausmannskost verlangt deine Generation ein 5-Gänge-Menü. Dieses Verhalten führt dahin, wo du beziehungsmäßig bist.«

»Na hör mal. Ich bin mit Sicherheit nicht dieser behäbige Prototyp, den du vor dir siehst. Und was gibt es am Feinschmecker zu kritisieren?«

»Ich meine die Beziehungsebene, Jan. Hände weg von einer Bindung. Das ist dein Motto, oder?«

»Falsch, was du da sagst, Mutti. Bei den kurzen Beziehungen habe ich rechtzeitig gemerkt, dass die Passgenauigkeit fehlt. Für eine Nacht, da reicht sie. Nur für chronische Schlechtwetteraussichten bin ich mir zu schade.«

~

Er verschwieg ihr, dass er wieder ein Techtelmechtel hatte. Solange seine Mutter das Anderssein bei Menschen missbilligte, lehnte er eine Vorstellungsrunde mit seiner ausgeflippten Olivia ab.

»Komm, lass uns die paar Bilder ansehen«, sagte er versöhnlich, griff einen Stapel auf und zog seine Mutter näher zu sich heran. Die Fotos zeigten Blicke auf die Stadt. Die Brunnen, deren Wasserfontänen Wasserfällen glichen, Innenhöfe mit prachtvollen Olivenbäumen, die in Bottiche aus Terrakotta gepflanzt waren. Zwischen den verschwommenen Blumenmeeren lugte im Hintergrund das Kolosseum hervor.

Ein schrecklicher Ort grausamer Machtkämpfe ums Überleben sinnierte er beim Anblick des Amphitheaters. Was dieser Frank Feldberg da provoziert hatte, war mehr wie eine Kopie aus der Antike. Blutige Kämpfe damals und ebenso heute. Nichts hatte sich geändert. Was nutzte da seine ganze Diplomatenkunst? Er hatte beim letzten Treffen mit Frank Feldberg einen Rückschlag erlitten. Was nicht hieß, dass er diese Gegebenheit geräuschlos hinnahm. Sein Feldzug fing erst an.

Jan hing in seinem Gedankennetz und seine Mutter suchte unbemerkt davon in dem Bilderhaufen nach Erinnerungen. Sie schwärmte von den Spaziergängen durch den göttlichen Park der Villa Borghese, die eine

Oase der Ruhe mitten im Trubel der Stadt sei. Man fände sich dort zwischen duftenden hohen Pinien mit ihren sich ausbreitenden Kronen wieder. Mit Hingabe erzählte sie von den mit Zypressen gesäumten Wegen sowie den künstlerischen Brunnen mit ihren famosen Wasserspielen inmitten von farbigen Blumenlandschaften. Und die Düfte, die hatten es ihr angetan. Mal roch es wie bei einem morgendlichen Spaziergang im Wald. Darauf wieder wie auf dem italienischen Obst- und Gemüsemarkt. Sie kramte in dem Fotoberg herum, suchte in den einzelnen Bildern nach den Gerüchen, griff sich das Foto mit dem Markt heraus und zog es wie einen sich öffnenden Schleier vor ihre Nase. Dabei hatte sie die Augen geschlossen und lächelte.

»Mmmh, wie das duftet, fruchtig und ah, würzig.«

Für einen Moment verwandelte sie sich in Frank Feldberg mit seinem Armagnac. Jan verkniff es sich, einen Ton zu sagen, und saß verbissen neben ihr. Sie strich mit den Fingerspitzen über das Bild mit den Marktständen. Satte Blutorangen ruhten in einer Reihe, eine neben der anderen. Das gelbe Leuchten der Zitronen und das ausgeprägte Blau der dicken Trauben ergänzte sich in vollendeter Harmonie. Die sich scheinbar schämenden Tomaten präsentierten sich in der Umgebung der grünen Melonen und den Säcken mit den Nüssen. Von den Dächern der Stände hingen

Netze mit Knoblauchknollen herunter, die die violette Haut der aufgetürmten Auberginen berührten.

»Ein Marktbummel am Samstag, das wäre Urlaub für mich«, sagte sie mehr zu sich.

»Sieh, Jan, Marianne. Erinnerst du dich an sie? Die hatte einen Blick für einen aus dem Rahmen fallenden Stil. Ihre Hochsteckfrisur und die grellbunten Farben ihrer Kleider wirkten auf deinen Vater verführend. Sie war unterhaltsam und immer zum Scherzen aufgelegt. Er war angetan von ihr und verhielt sich wie ein aufgedrehter Schuljunge. Er fand, sie sei eine Wohltat für sein Auge. Findest du, sie ist eine Augenweide?«

Er quälte sich ein Ja heraus.

»Dein Vater hat über sie gesagt, sie sei ein steiler Zahn«, sagte sie lächelnd.

Ruckartig riss ihr großmütterlicher Ausdruck ihn aus seinem Dämmerschlaf und sein abgebrochener Zahn fiel ihm wieder ein. Frustriert ballte er seine Hände. Sein makelloses Gebiss war Geschichte.

»Du, ich bin knapp dran. Mein Zahnarzt wartet«, sagte er gehetzt.

Sie sah ihn fragend an.

»Na, der Ball flog direkt in mein Gesicht und traf hart auf meinen Mund auf. Dabei ist mir ein Stück Zahn abgebrochen«, entgegnete er kurz.

~

Beim Zahnarzt hatte es länger gedauert. Da er keinen Termin hatte, reihte seine Patientenakte sich hinter den anderen ein. Die Mitarbeiterin in der Anmeldung ließ sich nicht davon überzeugen, dass er ein Notfall war, obwohl ihm im Wartezimmer jeder dreist in sein lädiertes Gesicht gestarrt hatte. Es war klar ersichtlich, dass er kein normaler Patient war. Ihn warten zu lassen, fasste er als ungerecht und rücksichtslos auf. Er hielt sich mit Kommentaren zurück, da sein Körper sich nicht in der Lage sah, an diesem Tag einen weiteren Streit zu verdauen. Die Rettung seines abgebrochenen Zahnes stand im Vordergrund und alles andere verkniff er sich.

Der Zahnarzt besah seinen Mund für zwei Sekunden und fragte ihn, wo das abgebrochene Stück sei. Mit einer Portion Glück ließ es sich wieder ankleben. Das wäre zwar kein optimaler Anblick, aber die einfachste Methode, den Schaden oberflächlich zu beseitigen. Ohne Mitgefühl redete der Zahnklempner auf ihn ein. In seinem Zustand gehörte sein bisheriges Lächeln der Vergangenheit an. Übellaunig aufgrund von Jans Nachfragen teilte er ihm mit, dass die Praxis und er kein Wunschkonzert seien, und es wäre überflüssig wie ein Kropf, über verschiedene Lösungen nachzudenken. Sein Zahn war nicht mehr zu retten, basta. Auf lange Sicht gesehen, benötige er eine Krone. Im schlimmsten Fall wäre ein kostspieliges Zahnimplantat notwendig, das eine unter Umständen lange und schmerzhafte Behandlung nach sich zog.

Hilflos und mit aufgerissenem Mund saß er auf dem Behandlungssitz dieses Basta-Klempners. Die Worte des Zahnarztes lösten in ihm ein Gefühl wie in einem Schraubstock gezwängt aus. Ein knochenharter Kloß saß im Rachen und bevor er die Praxis verließ, suchte er die Toilette auf. Er spülte seinen Mund mit Wasser, gurgelte und versuchte, den dicken Brocken im Hals wegzuschwemmen. Er hustete, spuckte ins Waschbecken, schöpfte nach Luft und knöpfte sein Hemd auf. Die Enge umklammerte kraftvoll seine Kehle. Die Atemnot und das spärliche Licht der Lampe in dem Toilettenraum zerquetschten ihn.

»Beweg dich raus hier«, keuchte er, riss die Toilettentür auf und hörte die Angestellte hinter ihm herrufen: »Ihr Termin, Sie haben den Folgetermin nicht abgesprochen.«

~

Auf der Straße schnappte er nach Luft, lehnte sich an eine Hauswand und beruhigte sich, indem er zählte: »Eins, zwei, drei, vier ..., atmen, einatmen und gleichmäßig ausatmen.«

Seine Eigentherapie fällte den Kloß. Er sog den Sauerstoff wie ein Verdurstender in sich ein. Mit der

Zunge fuhr er an seinem Provisorium entlang. Dieser wacklige, klobige Notbehelf war alles andere als eine professionelle Arbeit. Der Gedanke daran löste in ihm ein Gewitter aus, das sich einen Weg suchte, um sich zu entladen.

»Das reicht. Das mit meinem Zahn ist untragbar. Das ist jawohl ...«, sprudelte es aus ihm heraus und mit geballter Faust stürmte er zu Feldbergs Laden. Aus der Ferne beobachtete er nervös, wie Frank Feldberg auf der gegenüberliegenden Straßenseite seine vor der Ladentür aufgebaute wuchtige Werbetafel mit der grellen Aufschrift Extra rabattierte Premiumhandys vom Gehweg in den Laden schleppte. Jan beschleunigte seinen Schritt. Die Ampel bremste ihn aus. Für die Geradeausfahrer zeigte sie Grün. Die Linksabbieger stoppten. Es herrschte weiterhin Rot für die Fußgänger. Er war fassungslos. Die Ampel wechselte für die Autos von einer Farbe in die andere. Er sah allmählich rot.

»Was ist das für eine absurde Ampelschaltung?«, fluchte er vor sich hin.

Das rote Licht der Fußgänger schaltete nach einem gefühlten Minutenmeer auf Grün und Jan hastete los. Zielstrebig eilte er inmitten der Menschenmenge über den Platz in Richtung des Elektronikladens. Frank Feldberg schloss den Laden zu und war unterdessen an seinem Auto, schmiss eine Tasche in den Kofferraum und öffnete die Fahrertür. Jan sauste heran, hechtete zum Wagen, packte ihn am Arm und riss ihn zu sich herum. Feldberg, komplett perplex, zuckte kurz zusammen und riss sich los. Beide standen sich für Sekunden bewegungslos gegenüber.

»Hauen Sie ab, Sie sind gestört, Sie Spinner!«, brüllte Frank Feldberg und versuchte, in sein Auto einzusteigen. Jan drückte im letzten Moment die Tür wieder zu. Er zog seine Oberlippe in die Höhe und zeigte auf seinen abgebrochenen Zahn mit seinem Provisorium.

»Sehen Sie, was Sie angerichtet haben.«

Jans Gesicht war puterrot angelaufen. Sein Ton klang zunehmend schriller.

»Das alles, weil Sie aus der Reihe tanzen und überteuerte Ware verkaufen, den Kunden unter Druck setzen und ihm am Ende das Genick brechen. Wer sich wehrt wie ich, den speisen Sie mit einem Hausverbot und Prügel ab. Sehen Sie sich mein lädiertes Gesicht an. Zu Ihrer Verkaufsmoral fällt mir nichts mehr ein. Sie akzeptieren die Rückgabe des Smartphones. Ansonsten verklage ich Sie und in Ihrem Briefkasten finden Sie schillernde Post von meinem Anwalt!«, schrie er Feldberg an, der sich mit dem Finger an die Stirn tippte und brüllte: »Sie sind geistig beschädigt. Lassen Sie sich behandeln. Am besten gehen Sie zu einem

Hirnakrobaten. Der schaut nach, ob das Gehirn am rechten Platz liegt. Falls er eins findet.«

Frank Feldberg schubste Jan zur Seite und zwängte sich eilig in sein Auto. Jan versuchte, die Fahrertür aufzureißen, doch Feldberg hatte sie rechtzeitig von innen verriegelt. Jan zerrte an ihr und klopfte mit aufgerissenen Augen und verzerrtem Mund entfesselt gegen das Fenster. Die Autotür blieb geschlossen und seine Verzweiflung wuchs.

»Aufmachen! Kommen Sie heraus und stellen Sie sich den Tatsachen, Sie Mistkerl!«, brüllte er.

Er tobte herum, trat gegen die Autotür, die eine Delle davontrug und schrie: »Das büßen Sie mir! Das schwöre ich Ihnen! Markieren Sie sich diesen schwarzen Tag im Kalender!«

Frank Feldberg lachte und ließ hastig den Wagen an. Wenn es in all den Jahren Kundenprobleme gegeben hatte, reichten ein paar Worte. Bei den Empfindsamen genügte ein Geschenk zur Besänftigung. Dieser Kerl schien ihm im Unterschied zu den anderen Kunden irre. Derartige Personen waren zu allem im Stande.

Der Motor brummte auf. Jan stürzte um das Auto herum und warf sich waghalsig auf die Motorhaube.

»Stoppen Sie! Niemand fährt weg!«, brüllte er hysterisch los.

Feldberg saß hinter seinem Lenkrad. Er gestikulierte mit seiner rechten Hand und wischte Jan bildhaft von der Haube. Jan stieß Flüche gegen ihn aus und gab den Weg nicht frei, sondern hämmerte mit der linken Faust im Staccato auf die Motorhaube ein. Frank Feldberg hupte kurz hintereinander. Jan war benommen und taub für jeden Laut. Feldberg legte den Rückwärtsgang ein und mit quietschenden Reifen sauste das Auto ein paar Meter zurück. Der plötzliche Ruck riss Jan von der Haube. Den Mund aufgerissen und in Schockstarre sah er den Wagen mit röhrendem Motor vor sich in Lauerstellung. Frank Feldberg trat gezielt das Gaspedal im Leerlauf durch. Der Auspuff brummte lautstark und der Motor spuckte jähzornige Rufe aus. Jan rollte sich vor Schreck zur Seite. Aus den Augenwinkeln sah er das Auto vorbeischießen.

Er rappelte sich auf, stolperte, fing sich mit beiden Händen ab und kroch von der Straße auf den Fußweg.

Niemand schien diesen Vorfall mitbekommen zu haben. Mit butterweichen Knien stand er auf. Sein Herz überschlug sich. Er trat den Heimweg an. Seine Welt war in Unordnung geraten. Sie hatte sich in ein gnadenloses Wirrwarr verwandelt. Er hatte bei diesem Feldberg in ein Wespennest gegriffen. Im Handumdrehen hatte dieser Kerl neue unbequeme und problematische Maßstäbe gesetzt.

5

Sein erster Gang in der Wohnung führte ihn ins Bad. Er stand vor dem Spiegel. Er riskierte einen Blick und schloss die Augen sofort wieder. Beherzt gab er sich einen Ruck. Da war sein Gesicht. Zumindest das, was davon übrig war. Mit den Fingerspitzen zog er seine schmerzenden Lippen zur Nase. Er betrachtete sein Provisorium und schüttelte mit dem Kopf. Ermattet von dem Anblick, zog er seine Klamotten aus. Er suchte im Schrank nach dem Badesalz mit der Aufschrift Relax – gegen Alltagsstress für Ruhe & Entspannung. Er drehte die beiden Hähne an der Badewanne auf. In dem heißen Wasser lockerten sich seine Verspannungen. Er tauchte unter und ließ Frank Feldberg meilenweit hinter sich. Er setzte sich auf und rieb sich seine Arme mit Salzkörnern ab. Es knisterte auf der Haut. Er atmete den frischen Duft ein, senkte seine Augenlider und lächelte. Der schrille Ton durchdrang seinen Körper. Er riss die Augen auf, drehte seinen Kopf und lauschte zur Tür hinüber. Das Läuten hielt an und entwickelte sich zu einem Dauerklingeln. Er schlug auf den Badewannenrand und schrie: »Ruhe!«

Sein Schreien war aussichtslos. Erregt stieg er aus der Wanne. Das Wasser tropfte von seinem Körper auf den samtigen, flauschigen Badvorleger, der sich kuschelig um seine Füße schmiegte.

Sein Handtuch glitt an ihm entlang und ließ ein paar Wasserperlen zurück. Er schlüpfte in den Bademantel und eilte zur Tür.

»Hallo, störe ich? Oh, ist wieder Volksfest? Durch welche Geisterbahn bist du gefahren?«, scherzte sie beim Hereinkommen und drückte ihm einen Kuss auf seine geschwollenen Lippen.

»Au, eine Portion mehr Einfühlungsvermögen bitte. Siehst du meinen lädierten Mundbereich?«, raunzte er sie fragend an.

»Und was ist das für ein dümmliches Gerede mit dem Fest«, setzte er verstimmt nach.

Ihre Späße waren für ihn verständnisloses Gebrabbel. Was gab es da zu lachen? Jede dahergelaufene Katze hatte mehr Gespür für andere als sie. Warum gab er sich mit ihr ab? Sie war ein schräger Vogel ohne Geschmack. Er sah in ihr die Schlampe, die sich derb und schrill kleidete. Eine ordinäre Dutzendware, die es an jeder Ecke gab, der es an Manieren fehlte. Und ihr Bildungsstandard hatte seiner Meinung nach den europäischen Wissens- und Kulturzug verpasst. Beschönigt formuliert, gab es einzelne Lücken. Bei genauerer Betrachtung ihrer Aussagen zeigten sich ausgeprägte Schluchten. Zu ihrem Niveau meinte sie: »Ist das ein Kriegsverbrechen? Zerr mich nach Den Haag. Vor den internationalen Strafgerichtshof. Dein Dummerchen kennt sich im Völkerrecht aus. Schlau, was?«

Er hatte mit ihr aus Versehen eine Nacht verbracht. Mittlerweile hatte sie ihn mit ihrem Temperament um den Finger gewickelt. Er investierte seine teure Zeit in sie und die anfänglichen Wochenendtreffen zwängten sich in den Alltag. Die Folge war ein Gewöhnungseffekt, der wie ein unsichtbares Band um sie beide herumgewickelt war.

~

An dem Tag ihres Einzugs stand sie unverhofft mit einer dieser preiswerten Rotweinflasche aus dem untersten Regal des Supermarktes vor seiner Tür.

Sie hielt ihm dreist den Fusel vor die Nase und säuselte: »Wie wäre es, mit einem Schlückchen auf die gemeinsame zukünftige Nachbarschaft? Ach, ich habe vergessen, mich vorzustellen. Meine Freunde nennen mich Olli. Abgeleitet von Olivia. Ich bin die neue Mieterin unter dir «

Ihr Lachen und ihr Tonfall passten nicht zu seinem noblen Stil.

Zögernd hatte er die Tür geöffnet und auf die Fußmatte gezeigt. Ihr fragender Gesichtsausdruck spiegelte ihre Begriffsstutzigkeit wider. Sie stapfte unverfroren hinein und putzte sich ihre Schuhe stattdessen auf seinem hochwertigen Teppichläufer ab. Auch wenn das schwarz-graue Muster mit Sicherheit den rein getretenen Dreck verschluckte, war er missgestimmt. Unsauberkeit war ihm zuwider. Der Teppich benötigte eine Grundreinigung mit dem teuren, vor ein paar Tagen erworbenen Teppichpflegemittel. Er sinnierte darüber, wie er ihr eine Rechnung für das Mittel beim Abschied in die Hand drückte.

Bevor sie in die Wohnung vordrang, stoppten sie ein paar Hotelslipper, die Jan ihr vor die Nase hielt. Sie sah ihn entgeistert an.

»Könntest du bitte deine Straßenschuhe ausziehen«, sagte er verkrampft.

»Sehe ich aus wie eine Puschentussi?«

Damit war für sie das Thema gegessen. Er kochte innerlich. Ein Bild arbeitete sich vor seinen Augen ab: Er packte sie am Arm und setzte sie kommentarlos vor die Tür. Seine Erziehung hielt ihn davon ab.

Sie hatte absolut kein Niveau und null Kenntnisse über eine zeitlose und auserlesene Handwerkskunst.

Ihr Kommentar zu seinem Vintage Teppich im Wohnzimmer war: »Krass, von welchem Trödelmarkt hast du den mitgehen lassen?«

Für diese Aussage hätte er sie am liebsten gleich geohrfeigt und hochkant an die frische Luft gesetzt.

»Du, den Abend habe ich mir streng genommen mit meinen Aktenbergen aus der Firma vorgestellt.«

Er hoffte, dass sie aufgeweckt genug war und seinen Wink bemerkte. Er befürchtete, dass sie seine Toilette benutzte. Er schüttelte sich vor Ekel beim Gedanken daran und sah sich in diesem Augenblick am nächsten Tag mit der Sagrotanflasche in der Hand jede Ecke des Badezimmers putzen.

Ein durstiges Kamel war eine harmlose Bezeichnung für sie. Es war für Jan eine Frage der Zeit, wann sie sein Bad aufsuchte, um ihren Trinkrekord auf seiner Toilette zu entladen.

»Oh, aus mir rinnt es gleich heraus. Wo ist das Klo?«

Ihr Gerede war ordinär und ihr Verhalten ihm gegenüber empfand er geschmacklos. Jan ließ sich seine Gedanken nicht anmerken und sagte: »Gibt es in deiner Wohnung keine Örtlichkeit?«

Sie verdrehte die Augen, sah ihn ungläubig an und erwiderte: »Entweder benutze ich das Wasserklosett vor Ort oder dieser abgewrackte Teppich versinkt in einer Lache.«

Jan trommelte im Takt mit den Fingern auf dem Couchtisch herum.

»Was macht sie so lange im Bad?«

Olivia stand mit einem Male in der Wohnzimmertür. Sie beugte sich nach vorn und ihr Körper zuckte unkontrolliert vor Lachen. Zwischen den abgehackt klingenden Wörtern explodierten ihre glucksenden Lachlaute: »Willkommen im Beauty-Club der Taufrischen und Aromatisierten.«

In der einen Hand hielt sie seine Anti-Aging-Creme und in der anderen sein Eau de Parfum.

»Dieser herbe Duft ist verführend. Sieh einer an: Was ich alles in deinem Bad gefunden habe, ist ultrakrass. Bist du eine Diva? Augencreme und Gesichtsmasken für das Herzchen, Lippenbalsam und parfümierte Bodylotion. Die ist mit Sicherheit für die Leidenschaft.«

Was fiel ihr ein? In seinem Bad herumzuschnüffeln. Das war ein No-Go. Seine Kosmetik war ein Ausdruck von Kultur und sein auserlesenes Parfum symbolisierte für ihn Wohlstand und Männlichkeit.

»Stell das sofort wieder dorthin zurück, wo du es weggenommen hast!«, sagte er entrüstet.

»Mach wegen der Schönheit nicht solch einen Wind, das verpestet die Luft«, lachte sie und sprühte mit seinem Eau de Parfum herum.

»Weg mit der Luftverpestung, hinweg mit dem üblen Gestank.«

Sie fiel auf das Sofa und besprengte ihn in Schüben. Seine Wut war auf Siedetemperatur und drohte überzukochen. Er packte sie am Arm und mit bebender Stimme sagte er: »Hör auf damit, eine Flasche kostet 85 Euro.«

»Okay, was bist du für eine knausrige Spaßbremse?«

Ihren Spitznamen Olli fand er komplett daneben. Der passte nicht zu ihr. Für ihn blieb sie Olivia. Ob es ihr gefiel, war ihm egal.

An ihrem Outfit nörgelte er von Anfang an herum. Kurze ausgefranste Jeans, hochgekrempelte Sweatshirt-Jacke, darunter ein Shirt mit der Aufschrift Ich bin Kult! Ihre langen Haare waren durchzogen von roten und violettfarbenen Streifen. Statt einer Perlenkette schlang sie sich eine Art Hundehalsband mit spitzen Zacken um den Hals. An zig Fingern trug sie Ringe, einer mit einem Totenkopf. Gegen Piercing hatte er nichts, wenn es sich auf die Ohren bezog. Sie tanzte aus der Reihe. Ihre Nase und die Augenbrauen waren ebenfalls gepierct. Ihre Wimpern waren mit dicker Tusche aufgebauscht. Der Lidstrich war fett und breit geschwungen und ebenso aufgetragen. Das Pink passte absolut nicht zu ihrer Augenfarbe. Sie bepinselte ihr

Schmollmundwerk mit zweitklassigen, bordeauxroten Lippenstiftfarben, deren Reste er an der Kaffeetasse und am Weinglas fand.

An diesem Abend, als sie unvermittelt vor seiner Tür stand, leerte er die Flasche Wein mit ihr. Er öffnete eine zweite Weinflasche und eine dritte. Es war eine seiner exquisiten Sorten, die er im Alltag mit Zurückhaltung auf den Tisch stellte.

Im Laufe ihres Beisammenseins redete sie wie ein Wasserfall. Es schien, als hätte sie in ihrem Parfum gebadet. Der penetrante, fruchtige Geruch nebelte ihn ein. Ihre aufdringliche Duftwolke betäubte seine Sinne und wider Erwarten fand er Geschmack an ihr.

»Wir haben das mit der Brüderschaft versäumt. Meine liebe Olivia, ab sofort sind wir per du.«

Er griff durch ihre Armbeuge, schlürfte an seinem Wein, stellte sein Glas auf den Tisch und küsste sie auf die Wange.

»Eine nette Geste. Ich bevorzuge eine andere Art« und eh er begriff, was sie meinte, pressten sich ihre Lippen auf seine, bis sie sich öffneten und er ihr Lippenpiercing mit seiner Zunge berührte. Seine Hand schob sich unter ihr Shirt und betastete die nackte Haut. Es kam kein Nein von ihr und seine Fingerspitzen glitten an ihrem Körper entlang und schmiegten sich zwischen ihre Beine.

Am Morgen fand er sich entblößt im Bett wieder. Sein Kopf dröhnte und ihm war flau im Magen. Seine Klamotten lagen auf dem Boden verstreut, dazwischen ihre Jeans und ihr Slip. Er drehte sich zur Seite und sah auf das Bild eines rotgrünen Schmetterlings, der sich auf ihrem Rücken platzierte.

Sie war anders. Mit dem Tattoo, den Piercings und dem schrägen Kleidungsstil fiel sie aus dem Rahmen seiner sonstigen Liebschaften.

Sie rekelte sich, streckte sich, setzte sich auf und lächelte ihn an: »Guten Morgen, Liebster. Das war eine eindrucksvolle Nacht. Heiß und sündig. Was unternehmen wir heute?«

Ihre Lippen trafen seine Wange, da er den Kopf rasch zur Seite drehte.

»Ist es mein Charme oder der Mundgeruch, dass du dich wegdrehst?«, fragte sie angekratzt.

Er räusperte sich.

»Pass auf, Olivia.«

»Ollie bitte«, korrigierte sie ihn.

»Ich bleibe bei deinem richtigen Vornamen. Mit gestern Abend ist das eine verworrene Sache. Der Alkohol hat uns erhitzt und entzündet. In erregten Momenten hat man sich nicht unter Kontrolle und greift zu. Ich meine, nachdem, was im Angebot ist. Man probiert es aus. Blackout nennt man das. Da passieren diese Ausrutscher. Die Stunden verstreichen und man ist reif für die Liebe. Wegen der Nervenschwäche kommt man auf den Geschmack. Zu viel Wein, miteinander plaudern und lachen, kurze Berührungen auf nackter und gepolsterter Haut, die Sehnsucht nach Nähe und unsere Hormone. Weißt du, bei mir Testosteron und bei dir Östrogene. Der reine Eigennutz. Die Gefühle und die Einsamkeit, die parkt man im anderen. Das ist die Wahrheit. Wir haben uns vergnügt. Das ist für mich OK. Ich war ein ausgesprochen großzügiger Gastgeber. Ich habe dich mit erlesenem Wein und Sex vom Feinsten versorgt. Habe ich etwa versprochen, dass du wegen dieser einen Nummer im Handumdrehen meine feste Partnerin bist? Der Unterschied liegt in den Wörtern Fleischeslust und Liebe. Danke, dass du die Nacht mit mir verbracht hast, Olivia.«

»Jan, deine Ausführung ist langweilig. Ein Körnchen mehr Feingefühl hätte ich dir zugetraut. Stattdessen dieses Gerede. Ist dieser Umgangston von dir klinisch erprobt und getestet? Ich bezweifle es gewaltig. Und weißt du, warum? Weil es furchtbar in der Nase sticht. Dieser faulige Geruch überschreitet Grenzen und überdeckt alles. Er ist überflüssig, wie eine Schmeißfliege. Im Übrigen erhält deine mollige, in die Jahre gekommene Haut null Michelin-Sterne. Und den muskulösen, energiegeladenen Sexprototyp, der eine

Liebeswucht hervorzaubert, den habe ich im Bett vermisst. Du bist eher für eine sexuelle Entwöhnungskur geeignet. Eine Packung Stärkemehl, die hilft dir beim nächsten Liebesspiel auf die Sprünge. Es verbessert unter Umständen dein Sex-Appeal. Falls du keine im Haus hast. Ich gehe nachher einkaufen und bring dir gern eine mit. Ich bin nicht neugeboren. Was glaubst du, weshalb ich mich auf diese Nacht mit einem Altbier wie dir eingelassen habe? Ich war im sexuellen Notstand. Du bist meine Siegestrophäe. Ich war nicht vom Alkohol betäubt und gelöst. Du warst ein Zufallsopfer. Ein Dreamboy sieht mit Sicherheit anders aus. Ich war bettreif und du kamst zur rechten Zeit.«

Sie stand auf und zog wutschnaubend ihre Klamotten an. Das mit dem Notstand versetzte ihm einen Stich. Er ballte seine Hände zu Fäusten. In Gedanken schlug er sie nieder. Was bildete sie sich ein. Sie degradierte ihn zum reinen Sexobjekt. Solch ein dahergelaufenes Weibsstück benutzte ihn für die Stabilisierung und Kräftigung ihres Hormonhaushaltes, wenn sie brünstig war und ihren Durst nach Sex nicht mehr unter Kontrolle hatte. In Liebschaften gab er den Ton an. Seine sexuellen Ideen dominierten die Liebesnacht. Ob im beruflichen oder im privaten Kontext. Die Macht lag bei dem, der steuert. Und der Steuermann, der die Rollen verteilte, war er.

Sie stand angezogen vor dem Bett und sagte spitz: »Jan, du bist wie ein Kaffeevollautomat. Einschalten, brühen und warmhalten. Die Warmhalteplatte hört von mir, wenn bei mir die sexuelle Ausnahmesituation ausbricht.«

Innerlich platzte ihm der Kragen. Diese Frechheit überbot alles Bisherige. Statt er ihr Beleidigungen ins Gesicht schleuderte oder sie packte, aufs Bett schmiss und wie ein Opfer missbrauchte, hörte er sich wie ein Fremder sagen: »Ich entschuldige mich. Das war geschmacklos von mir. Vergiss meine Worte. Sie waren daher gesagt. Nichts von Bedeutung. Grenzwertig mit Sicherheit. Da gebe ich dir recht. Hm, wenn ich über das Gespräch und deine Reaktion nachdenke, bist du letztlich zu dünnhäutig für derartig sexualisierte Unterhaltungen. Das zeigt der Temperamentsausbruch von dir, der ein Sprühregen von Beleidigungen war. Ich sehe um Deinetwillen darüber hinweg. Unsere Begegnung war hitzig und dämonisch zugleich. Aggressionen bringen uns nichts. Wie wäre es stattdessen mit einem heutigen Ausflug zur Kiesgrube?«

~

Es gefiel ihm, wie sie an der Kiesgrube mit einer ungezwungenen Leichtigkeit ihre Kleider von ihrem Körper schmiss. Im Handumdrehen war sie nackt. Sie küsste ihn auf den Mund und rannte ins Wasser. Er sah auf ihren wackelnden Po, der ihm wie ein Gedicht erschien. An dem Tag fand er Gefallen an ihr und jede ihrer Bewegungen erregten ihn. Sie versenkte ihren Kopf im Wasser des Sees und einzig ihre Beine ragten hinaus und schwenkten hin und her, bis sie sich in die Tiefe fallen ließ. Sie tauchte jauchzend wieder auf und rief: »Jan, komm rein. Es ist bombig. Na los, gib dir einen Ruck und sei mein Frosch.«

Ihre schlängelnden, sanft gleitenden Schwingungen wühlten ihn auf und trieben ihn ins Wasser. Sie schwamm ihm entgegen, umfasste mit ihren Händen seine Beine und zog sich an ihnen in die Höhe. Sie sprang herum und bespritzte ihn. Anfänglich empfand er es als kindisch, doch mit der Zeit hatte er ersichtlich Spaß daran, sie ebenfalls zu besprenkeln. Er ließ sich fallen, schlug mit den Füßen Fontänen in ihre Richtung, bis sie sich auf ihn stürzte und beide sich umschlungen im Wasser wälzten.

Sie lagen im Schatten eines Strauches und er zählte mit seinen Fingerspitzen die Wasserperlen auf ihrer Haut und sog sie mit seiner Zunge auf. Es war das erste Mal, dass er sie zärtlich küsste.

~

Seit diesem Ausflug trafen sie sich regelmäßig und sie schleppte ihn an manchen Abenden mit in einen Club, der eher für das jüngere Publikum war. Die lärmende Musik, das Gedränge und die verschmierten Biergläser nervten ihn. An den Tischen klebte der Rest vom Vorabend. Die Gäste sahen ungepflegt aus und der Geruch nach Schweiß und ungewaschener Kleidung umnebelte ihn und hing schwer in der Luft.

Ihr zuliebe opferte er sich für diese Abende, die ihm zuwider waren. Olivia kannte in der Spelunke jeden. Ständig kam ein »Hi, du auch hier.«

Sie küsste und umarmte tüchtig, als ob am Ende eine Belohnung wartete. Sie klopften sich auf die Schultern, tratschten und lachten über Insiderwitze und Jan, der stand wie geparkt daneben. Er litt darunter, das fünfte Rad am Wagen von Olivia zu sein.

Sie schmiss sich auf den nächsten Stuhl und schlug auf den freien Platz neben sich.

»Das ist nicht dein Ernst, Olivia? Meine hochwertige Hose auf diesem Dreckstuhl?«, fauchte er sie an.

»Ohne mich! Ich suche mir einen anderen Platz mit einer Sitzunterlage, die frei von klebrigen Resten ist«, sagte er unwirsch.

»Ach, das Sitzkissen hatte ich vergessen. Das exquisite Beinkleid des betagten Herrn schlimmstenfalls vom Stuhl mit Gesöff und ranzigem Fett beschmiert.«

Sie strich über den Stoff seiner Hose. Jan packte grob ihre Hand und brüllte: »Finger weg! Sonst knallt's!«

»Hui, das war eine gelungene persönliche Warnung, Jan. Meine Hände sind heute ausnahmsweise mit Seife gewaschen. Du bist ein aufgeblasener Kerl.«

Er errötete vor Wut.

»Olivia, dein zynischer Ton ...«

Sie sprang auf und der Rest seines Satzes versank im Clubraum. Sie rannte zur Theke und sprach mit dem schmierigen Barkeeper, der ihr ein Trockentuch reichte.

»Das wäre geschafft. Nirgendwo erhältst du solch ein nobles Tuch, mein Frosch. Na los, setzt dich.«

Sie ließ sich nicht von seiner garstigen Laune aus der Ruhe bringen. Ihre Schultern wippten zur Musik und sie sang vereinzelt mit. Im Abschütteln von Problemen hatte sie eine ausgezeichnete Kondition. Sie lächelte die Konflikte und Schwierigkeiten hinweg und bagatellisierte sie. Diese Art der Lebensfreude riss ihn teilweise mit. Auf der anderen Seite ermatteten ihn die Streitereien und die Ungewissheit, wie sie auf jegliche seiner Aussagen reagierte.

Ihr vermeintlicher Egoismus nervte ihn. Wo war die Rücksichtnahme, wenn sie mit dem Fahrrad unterwegs waren? Fiel ihr eine Blume ins Auge, stoppte sie unvermittelt mit einer Vollbremsung. Bei einem Ausflug sprang sie an einem Feld kurz hinter der Stadt wie eine Stuntfrau vom Rad, schmiss es zur Seite, durchkletterte den feuchten Graben und pflückte eine zitronengelbe Sonnenblume.

Ihr Gesicht strahlte und sie drückte ihm den dicken grünen Stil in die Hand und sagte: »Für dich!«

Die Blume duftete für Jan nach Liebe, die er prinzipiell von sich wies. Solch ein Moment entrückte ihn von seinen Grundsätzen und er war ergriffen von ihrer unbedarften Liebenswürdigkeit.

Geräuschlos spannte sie ihr Netz und wickelte ihn ein. Ihre klebrigen Fangfäden waren behaftet mit einer mädchenhaften Unbeschwertheit, die seinen Beschützerinstinkt weckte. Die Suche nach der idealen Partnerin rückte in den Hintergrund und ihre Liebesbekundungen streichelten seine Eitelkeit.

~

Sie schlenderten zum Shoppen durch die Boutiquen, obwohl ihr Geschmack für ihn das reinste Trauerspiel war. Sie hatte keine Ader für Kleidung, die vornehm oder sportlich war.

Er beriet sie mit Widerwillen, wenn sie die Läden nach bunten, schrillen Klamotten durchstöberte. Sein Gesicht errötete, wenn sie hemmungslos, mit einem knappen Slip bekleidet, aus der Umkleidekabine gerannt kam und ihm zurief: »Jan, pass auf, dass meine Tasche in der Kabine bleibt. Ich benötige eine andere

Größe. Ich bin gleich wieder da«, rief sie wie eine Diva und wühlte halb nackt in den Regalen und an den Kleiderständern herum. Die Blicke fremder Menschen ließen sie nicht erröten. Das war ihre Auflehnung gegenüber der gesellschaftlichen Norm und ihr Ausdruck von Freiheit.

Ihr erstes gemeinsames Shoppen entpuppte sich für Jan zur Spendierfalle. Sie kaufte munter drauflos und schleppte ihre ganzen Fummel zur Kasse. Sie tippte die PIN ihrer Scheckkarte ein.

»Oh, die ist falsch«, sagte sie kopfschüttelnd.

»Ich habe mit Sicherheit die richtige Nummer eingegeben. Ich probiere es noch mal. Wieder ein Fehler. Verflixt und zugenäht. Bin ich im falschen Film? Hm, ich tausche die Ziffern um, mal sehen, was passiert.«

Ihre Karte war gesperrt. Ihr größtes Kapital steckte in ihrer Leidensmiene. Ihre flehenden Augen sahen ihn bettelnd an.

»Jan, hilfst du mir aus? Du bekommst es die Tage zurück.« Halbherzig spielte er den Gönner. Das Geld schrieb er ab.

Wenn sie durch die Stadt bummelten, zog sie wie aus heiterem Himmel ihre kunterbunten Plateausneakers aus und sagte: »Barfußlaufen ist eine Wohltat. Die Füße haben Kontakt mit dem Boden. Das ist wie im Wattenmeer.«

Sie schwankte absichtlich und theatralisch von einer Seite zur anderen.

»Schau Jan, das passiert mir mit meinen Schuhen und dir mit den Nobellatschen, die du trägst. Die bringen unser Gleichgewicht aus dem Lot. Von der mangelnden, ungesunden Durchblutung ganz zu schweigen.«

»Warum stülpst du dann diese Klötze über deine Füße?«

»Null Ahnung«, entgegnete sie.

Sie sprang herum, breitete ihre Arme aus, drehte sich im Kreis und rief: »Ich spüre sie, die Natur. Die Wirkung des Erdbodens.«

Bei jedem Straßenmusiker blieb sie stehen. Bei dem mit der Gitarre, dem mit dem Akkordeon und bei der Musikgruppe, die Panflöte spielte. Sie lauschte den Klängen, wippte und tanzte obendrein mit. Am Ende klatschte sie mit Feuereifer Applaus und sagte: »Gib mal einen Euro für die Mucke!«

Sie war wie ein unbedarftes Kind begeisterungsfähig. Im Kino applaudierte sie an den unmöglichsten Stellen und teilweise mit stehenden Ovationen, als wären die Filmschauspieler auf einer Bühne. Sie quiekte vor sich hin, stampfte bei extrem prickelnden Szenen mit den Füßen auf oder lachte schrill. Sie fläzte sich in den Kinosessel und ihre Hand griff reflexartig in die

Popcornbox und die gerösteten Maiskörner wanderten, ein Korn nach dem anderen, in ihren Mund. Ihre Knister- und Schmatzgeräusche regten ihn auf und zeitweilig drückte er innerlich schreiend beide Hände auf seine Ohren oder schlug ihr in Gedanken ihre Knisterbox aus der Hand. Bei einzelnen Szenen hauchte sie ihm mit aufdringlicher Stimme Kommentare zum Film ins Ohr. Wenn sich darauf andere Besucher über ihre Lautstärke beschwerten, richtete sie sich auf, zog ihre Stirn in Falten und blaffte: »Donnerwetter? Hat Sie das Flüstern gestört? Mein Mitgefühl.«

Unbeeindruckt von dem Wortwechsel, starrte sie wieder gebannt auf die Leinwand.

Ein Liebhaberstück sah für ihn anders aus. Dass er trotz ihrer kopflosen Launen an ihr festhielt, lag daran, dass er das Zentrum ihres derzeitigen Lebens bildete und er zeitweilig die Führung und die Kontrolle über sie innehatte.

Im Großen und Ganzen praxiserprobt schlitterte er dennoch um Haaresbreite in die Trennungsfalle hinein.

Die Wendung hin zu seinem öffentlichen Bekenntnis zu ihr kam, als sie eines Tages im Auto unterwegs waren. Er hielt an der Kreuzung und in einer Schrecksekunde, wo er seine Mutter an dem Straßenrand stehen sah, rief er: »Olivia, duck dich!«

Durch sein Rufen erschrak sie und beugte ihren Oberkörper reflexartig nieder.

Die Ampel sprang um und er bog schnellstens um die Ecke.

»Puh, das war knapp. Tauch wieder auf. Sie ist weg.«

»Was war los? Hat jemand auf uns geschossen? Und wer ist weg?«, fragte sie.

»Na, meine Mutter. Sie stand in Schale gekleidet an der Ampel und es wäre der absolute Härtetest für sie, wenn sie mich mit einem schrägen Vogel wie dir sieht, mit dem der gemeinsame Aufbau einer Zukunft zum Scheitern verurteilt ist. Meine Mutter sorgt sich um mein Wohlergehen. Sie hat konkrete Vorstellungen von einer Schwiegertochter, von denen du meilenweit entfernt bist. Um den Familienfrieden zu wahren, bleibt unsere Beziehung diskret und unter Verschluss.«

»Es reicht! Stopp! Anhalten!«, schrie sie und riss die Beifahrertür auf, obwohl der Wagen weiterfuhr.

»Olivia, bist du komplett verrückt oder ist das eine deiner Provinzdarstellungen? Mach sofort die Tür wieder zu!«, brüllte er zurück.

Mit einer Hand hielt sie die Autotür geöffnet und schrie: »Wenn du nicht augenblicklich anhältst, springe ich heraus!«

An der nächstmöglichen Stelle fuhr er rechts ran.

»Bist du naturblöd? Oder lebensmüde? Was ist los mit dir, Olivia? Habe ich etwas verpasst? Bist du die neue Dramaqueen?«, fragte er lautstark.

Sie stieg aus und bevor sie mit Schwung die Tür zuklappte, keifte sie: »Du begreifst absolut nichts. Du bist ein Schwein, Jan! Und weißt du, warum? Weil deine moralischen Wertvorstellungen unter aller Kanone sind. Entweder du bekennst dich zu mir oder wir trennen uns. Ende der Durchsage!«

~

Am späten Abend klingelte es bei ihm. Er erkannte Olivia am Läuten, da sie generell ihren Finger wie festgeklebt auf der Klingel liegen ließ.

»Na so was, treibt dich die Liebesflut zu mir? Oder wünscht die Dame eine Atempause von ihrem hysterischen Theaterspiel? Oder ist es das Sommerloch, was dich zähmt?«, fragte er mit einem spöttischen Ton.

»Du brauchst dir nichts einzubilden. Der einzige Grund ist, dass ich dir dein geliehenes Geld für meine Klamotten zurückbringe.«

»Geschenkt. Das hatte ich eh abgeschrieben.«

Seit ihrem Streit hatte er sie sich in sein Bett gesehnt. Und in diesem Moment hatte er Lust auf sie. Um sie um den Finger zu wickeln, vermied er es, sie anzugiften.

»Na los, komm rein. Auf ein Glas Wein.«

Olivia zögerte eine Sekunde. Jan ergriff ihre Hand und zog sie in die Wohnung. Im Korridor umarmte er sie und flüsterte in ihr Ohr: »Olivia, ich habe dich vermisst. Höchste Zeit, dass du wieder da bist. Hör bitte mit dem Schmollen auf. Ich verstehe deine Enttäuschung wegen meiner Mutter. Extreme Aufregungen schaden ihr. Sie ist gesundheitlich angeschlagen, weißt du. Ich verspreche dir, du lernst sie demnächst kennen.«

~

Er kehrte mit seinen Gedanken wieder in die Gegenwart zurück.

Olivia ließ sich auf die Couch fallen.

»Du kennst doch Volksfeste. Mit Geisterbahnen und Gruselfiguren in der Dunkelheit. Zumindest brauche ich bei dir kein Eintrittsgeld zu bezahlen. Du siehst ungelogen gruselig aus und erinnerst mich an das Monster von Frankenstein. Oder arbeitest du seit Neuestem für den Film und spielst in der Fortsetzung die Hauptrolle?«

»Ich bin mit einem Fußball zusammengestoßen«, presste er im dumpfen Ton heraus.

Die Geschichte mit dem Handy klammerte er am besten aus. Sie zog ihn mit seinem Tick nach preisgünstiger Qualitätsware eh ständig auf.

»Auch wenn deine Gesichtseleganz zu wünschen übrig lässt, bist du hoffentlich morgen Abend wieder topfit.«

»Warum?«, fragte er, lockerte den Bademantel und schmiss sich neben sie erschöpft aufs Sofa.

»Das gibt es nicht? Du hast es vergessen. Menschen wie ich legen ebenfalls Wert auf Bräuche.«

»Olivia, was redest du für einen Schwachsinn?«

»Du lässt meinen Geburtstag unter den Tisch fallen. Du hattest mir versprochen, mich zum Rockkonzert einzuladen. Du erinnerst dich, ich hatte dir den Flyer gegeben.«

»In meinem derzeitig ramponierten Zustand bietet sich, wenn überhaupt, Kammermusik an. Du sagst, ich sehe aus wie Frankenstein. Mit solch einem Monster rockt niemand los? Oder handelt es sich um einen Maskenball?«

»Ich spreche von der Musik, der es egal ist, wie du aussiehst. Du hast es versprochen«, sagte sie bockig.

»Meine liebe Olivia. Vergnügen und Vernunft sind ein Paar. Und Fremdwörter sind mitnichten dicke Freunde von dir. Das Wort heißt Empathie. Für dich übersetzt: Es ist höchste Zeit für eine winzige Spur von Einfühlungsvermögen. Deine Denkweise ist seltsam. Wenn du derart lädiert wärst, stände mein Geburtstag am letzten Tag des Jahreskalenders.«

»Reg dich ab, J.F.K. Ja, ich bin vernünftig und das Vergnügen hat entschieden«, schnippte sie zurück.

»Lass diesen Nonsens mit J.F.K.«

»Das ist der einzige Politiker, von dem ich die Anfangsbuchstaben kenne. Zufällig sind die wie deine. Du hast absolut recht. Der Vergleich mit einem John, einem Fitzgerald und einem Kennedy ist unpassend. Nahezu ist der Vergleich mit einer Schießbudenfigur wie dir eine Beleidigung für diesen famosen J.F.K.«

»Deine Kombinationen sind fehl am Platz, Olivia. Ist das alles, was ihr an der Uni lernt? Mein Brustkorb schmerzt. Meine Lippen sind gequollen und ein Zahn im Frontbereich ist abgebrochen. Und da habe ich Lust auf Konzerte? Olivia, im Unterschied zu mir, fehlt dir jede menschliche Regung. Mehrere meiner Rippen sind mit Sicherheit ebenfalls geprellt«, schob er leidend nach.

»Jan, du hast mir diesen Abend versprochen. Diese inhaltslosen Versprechungen habe ich satt.«

»Ach mein Gott, die Leier!«, sagte er theatralisch.

»Du bist unmöglich, Jan.«

»Geh ins Bad und sieh in den Spiegel, Olivia. Dir fehlt es an Sozialkompetenzen. Und solch eine Person studiert! Da bist du fehl am Platz. Ich frage mich, wie du deine Prüfungen schaffst. Es handelt sich todsicher um eine Schlafcouch-Bewertung. Derartige Fehlgriffe

durch die Professoren sind im Normalbetrieb uner-
klärbar.«

»Ach, du hast recht. Schlafgelegenheiten suche ich
regelmäßig im Hörsaal auf. Das ist die Gelegenheit,
sich zu beschnuppern. Professorensex, um die beschis-
sene Note zu verhindern. Das älteste Gewerbe ist für
mich der Hammer. Nebenbei bemerkt, sehen die Freier
aus wie du«, brüllte sie ihn an.

Jan schöpfte nach Luft.

»Olivia, mein Reden. Ihr Weiber prostituiert euch
in vielerlei Hinsicht. Wer bezahlt die Karten für das
Konzert der armen Kirchenmaus? Wer zückt das
Portemonnaie im Restaurant? Wer blättert einen
Schein nach dem anderen für Reisen und Klamotten
auf den Tisch? Die klassische Eva ist und bleibt in ihrer
Skrupellosigkeit die ewige Femme fatal. Und du bist
keine Randerscheinung, meine liebe Olivia. Ohne einen Kerl gehst du finanziell auf dem Zahnfleisch. Wer
blecht für die exklusive Wohnung und deinen Lebens-
unterhalt? Dein Vater!«

»Dich hast du vergessen. Meinen Sugar-Daddy Jan,
der mit seiner geistig umnachteten Realität einen ab-
gefuckten Weg beschreitet. Wo andere Jungs ein Herz
haben, ist bei dir gähnende Leere. Du bist sexistisch
und das von dir gezeichnete Frauenbild ist ein Ventil
für die unendliche Sehnsucht nach einer Mutterfigur.

Genaugenommen bist du ein verklemmter Sonderling, der alles Weibliche diskriminiert und sich hinter seinem Macho-Gehabe versteckt«, sagte sie spitz.

»Meine liebe Olivia ...«, setzte Jan an.

»Meine liebe Olivia«, äffte sie ihn nach.

»Werde erwachsen. Du führst dich auf wie ...«

»Wie führe ich mich auf? Und wer von uns beiden in unreifen Kinderschuhen steckt, das bist du mit deiner sabbernden Selbstbezogenheit, die geil auf Bewunderung ist. Mich siehst du als weibliche Verfügungsmasse«, giftete sie ihn an.

»Du bist unreif und kindisch, Olivia«, sagte Jan in einem scharfen Tonfall.

Sie lachte hysterisch auf.

»Du schläfst mit einem Kind? Bist du pädophil?«, fragte sie bissig.

»Weißt du Olivia, dieses Gequatsche und deine vermeintlichen logischen Schlüsse nerven«, entgegnete er angefressen.

»Wenn es dem Herrn zu viel ist, dort ist die Tür«, erwiderte sie schnippisch.

»Ich bitte dich. Dieses ist meine Wohnung. Wer von uns beiden verschwindet, ist selbsterklärend«, antwortete er schroff.

»Das ist typisch. Mich erstens beleidigen, zweitens hinausschmeißen und drittens schweigen«, brüllte sie wie ein ohrenbetäubendes Gewitter los und trommelte mit den Fäusten auf ihn ein. Beherzt griff er ihre Hände und schob sie weg von sich.

»Bist du verrückt? Du prügelst auf einen Verletzten ein. Reiß dich zusammen, Olivia«, sagte er aufgebracht.

Die hitzigen Auseinandersetzungen mit ihr und ihre explosiven Tobsuchtsanfälle waren für ihn alles andere als tiefenentspannt. Im Danebenbenehmen hatte sie eine Vorreiterrolle. Wenn sie auswärts stritten, lärmte sie in der Öffentlichkeit herum, ohne dass ihr die Blicke der Passanten peinlich waren.

»Damit Ruhe ist, hol aus dem Schreibsekretär den Umschlag«, sagte er versöhnlich, da sie keine Anzeichen einer Beruhigung zeigte.

Sie war wie ein Kind, das er mit einem Spielzeug bändigte. Sie schniefte, wischte sich ihre Tränen, die sich in ihre Wut gemischt hatten, aus dem Gesicht. Die akribisch aufgetragenen schwarzen Lidstriche bildeten eine verschmierte Linie, die ihrem Gesichtsausdruck eine Spur von Dramatik verlieh. Sie öffnete den Briefumschlag und juchzte und stampfte mit den Füßen auf.

»Affengeil. Du hast die Karten besorgt.«

»Olivia, dass ich dir nachgebe, ist und bleibt die absolute Ausnahme. Ich begleite dich zu dem Konzert, wenn meine Beschwerden sich in Grenzen halten.«

Sie war mit einem Male wie umgekrempelt. Sie beugte sich zu ihm hinüber, küsste ihn und sagte sanft: »Du bist ein Schatz.«

~

Sie standen den ganzen Fußweg entlang, dicht gedrängt beieinander und schoben sich Stück für Stück voran Richtung Einlass, an dem die Menge festhing wie ein dickes Wollknäuel.

»Ich habe es gleich gesagt. Bei solch einem Konzert ist der Andrang immens. Da fährt man mindestens eine Stunde eher los«, sagte sie mit einem Vorwurf in der Stimme.

Da es ihr Geburtstag war, überhörte er ihre Belehrung. Einen Tadel hielt er an diesem Tag für unangebracht. Sie reihten sich am Ende der langen Schlange ein. Die nachströmende Masse drängte sie nach vorn. Von allen Seiten drückten und schoben sie. An den Fahrradständern quetschten sich die Räder. Straßenschilder, Laternen und die Gartenzäune der umliegenden Häuser dienten als Fahrradabstellanlage. Die Autos umkreisten den Wohnblock im Schritttempo und suchten nach einer Parklücke. Ein Motorradfahrer präsentierte vor der Szene-Kneipe seinen eigenen dröhnenden Sound. Er drehte die Maschine derartig kräftig auf, dass sie rebellisch fauchte und vibrierte.

Musik drang nach draußen und die ersten Besucher wippten im Takt mit. Ein paar Zaungäste klappten ihre mitgebrachten Campingtische und Klapphocker vor den fußbodentiefen Fenstern der Kneipe auf. Ein Mittzwanziger mit zerzaustem Haar und einer abgewetzten Lederjacke holte aus der blaugepunkteten Kühltasche Bierflaschen heraus. Der Flaschenöffner drehte eine Runde, die Flaschen klirrten aneinander und die Musikcamper prosteten sich sowie den Wartenden zu.

Ein Pärchen stürmte in Richtung des vor dem Eingang stehenden weißen aus Korb geflochtenen Strandkorbes und schmiss sich in die beige-gestreiften Polster. Einer von ihnen platzierte ihren sandfarbenen Terrier, der bei der ersten Musik die Ohren spitzte, auf einem speziell mitgebrachten Kissen auf seinem Knie. Der andere holte eine Thermoskanne und zwei grüne Henkelbecher aus dem Rucksack.

Am Eingang verlor Jan Olivia, die sich durch die Masse knetete, kurz aus dem Auge. Er versuchte, ihr knallrotes Stirnband im Blick zu halten. Sie tauchte sporadisch in der Menge auf. Ein Strahler erhellte ihr Band. Sie winkte ihm zu und rief: »Juhu, J.F.K!«

Er wühlte sich mühsam durch das Gewimmel, schob ein Mädchen vor sich zur Seite und rempelte ein Pärchen an. Jemand versetzte Jan einen heftigen Stoß und schubste ihn nach vorn. Olivias Hand glitt aus heiterem Himmel in seine. Sie zog ihn zu sich auf ein abgewetztes Sofa.

»Das hat gedauert, wo warst du so lange? Ich warte eine gefühlte Ewigkeit auf dich.«

»Na hör mal Olivia, was heißt so lange und Ewigkeit? Ich habe mich durch dieses Gewimmel vorgekämpft. Das dauert seine Zeit.«

»Ist erste Sahne, was? Ich meine die chillige Couch. Superbequem und dicht an der Bühne.«

Die Sitzgarnitur mit ihrem abgewetzten Bezug, der übersät war mit Flecken in unterschiedlichsten Größen, war für Jan eine Zumutung, der er sich heute kreuzlahm geschlagen gab.

Schräg gegenüber zog sich die Theke im Kreis um den Raum herum. An den unverputzten Wänden mit ihren weißlich-roten Backsteinen klebten aktuelle Poster, unter denen die Reste der vergangenen hervorlugten. Leuchter im altertümlichen Stil hingen von den Decken und bildeten einen Kontrast zu den farbigen Lasern, die gleichmäßig wie ein Satellit durch den Raum zogen.

Die Wand hinter der Theke war übersät mit Tafeln, die mit weißer und bunter Kreide mit Bildern von Getränken bemalt waren. Neben dem klobig gemalten Glas mit Melonenbowle stand dick von Hand geschrieben unser Renner dieser Woche. Ein spritziger und erfrischender Cocktail mit Weißwein aus dem lokalen Anbau.

Daneben hing die Tafel mit dem langen Wasserglas mit rotem Inhalt und einer Orangenscheibe drapiert. Weitere Tafeln wiesen Zeichnungen mit Cocktailgläsern mit kirschroter Füllung und Limettenscheiben und giftgrünem Zuckerrand, der mit weißer Kreide gepunktet war, auf.

Auf anderen Abbildungen waren fruchtig gemalte Longgläser mit rotem Wein und Heidelbeeren, Äpfeln und Zitronen zu sehen. Ein Bierglas mit dem Hinweis frisch gezapft und kühl hing neben einer kleineren Tafel mit der Aufschrift Erfrischungsgetränke aller Art zum Einheitspreis.

Die Bedienung schlängelte sich zwischen den Gängen der runden Holztische hindurch, zwängte sich durch die zweite Reihe der Gäste und balancierte ihr Tablett, bepackt mit den Getränken, von Tisch zu Tisch.

Trotz des Rauchverbots qualmten die Besucher wie ein Schlot und Olivia drehte sich einen fetten Joint. Seine Dauerpredigten gegen Drogen ignorierte sie dreist. Ihr Argument war: »Genussmenschen gönnen sich ab und an eine Sportzigarette. Basta.«

»Holst du uns einen Cocktail?«, kam es eher als Aufforderung statt als Frage von ihr.

Mühsam stand Jan von der Couch auf. Das Atmen fiel ihm schwer und der Qualm setzte ihm zu.

Der Barkeeper hinter der Theke war vollauf mit dem Zapfen von Bier beschäftigt und Jan versuchte, seinen Blick auf sich zu lenken und winkte mit der Hand.

Die Band kam unterdessen, eingehüllt in einen farbigen Nebel und unter grölendem Applaus, auf die Bühne. Die Gruppe legte mit einem ohrenbetäubenden Trommelwirbel los.

Jan schrie gegen die Schläge an: »Zwei von den roten Cocktails bitte!«

Der Barkeeper sah ihn hinter seiner runden Brille schulterzuckend an und zeigte auf seine Ohren.

»Was hast du bestellt?«

Jan wies auf die Tafel mit dem roten Cocktailglas. Die Coverband schmetterte die ersten Töne von AC/DCs Hells Bells. Olivia sprang von der Couch auf, warf ihre bunten High Heel Sneakers von den Füßen, schmiss achtlos ihre Jeansjacke nach hinten und hechtete in ihrem eng anliegenden grünen Top und dem kurzen Rock zur Bühne. Mit ihr klatschten und johlten dort ein Dutzend Tanzende zu den los dröhnenden E-Gitarren. Sie formierten sich zu einem Kreis und stampften bei dem gleichbleibenden Anfangsrhythmus mit den Füßen auf. Als der Bandleader in die

Menge »are you ready« schrie, tobte die Meute los. Das Schwingen der Gitarrensaiten übertrug sich auf die Tänzer, die sich im harten Sound wogten. Olivias übergroße, runde Ohrringe mit grün, blau und gelben Kugeln schaukelten hin und her und leuchteten bei jedem Laserstrahl, der sie erfasste. Ab und an sah er ihre nackten Füße, die sie wie beim Schlittschuhlaufen nach vorn und hinten schwang.

Er nippte mittlerweile an dem zweiten für Olivia gedachten Cocktail. Täuschte er sich? Gaukelte der Qualm und die mit Musik getränkte Hitze ihm das Gesicht von Frank Feldberg vor? Tanzte der, mit nackten Füßen, das hellblaue Blumenhemd im Flower-Power-Style der 1970er-Jahre salopp über die Hose getragen und mit wehenden Haaren in den Kreis um Olivia hinein?

Kein Zweifel. Er war es, der auf der Tanzfläche entfesselt mit seiner Olivia herumwirbelte. Die geballten Fäuste schwang er zur Seite, seine Beine verbog er gummiartig, den Kopf schmiss er nach hinten und sang mit geschlossenen Augen den Sound mit.

Jan fächerte sich mit einem Bierdeckel Luft zu. Auf seinem Gesicht bildeten sich winzige Wasserperlen und sein Hemd klebte am Körper.

Aufgebracht fluchte er: »Das gibt es nicht! Dieser Schläger macht sich an meine Olivia heran!«

Er drängelte sich durch die sich wellenartig bewegende Masse auf die Tanzfläche zu.

»Den schnappe ich mir«, sprudelte es erregt aus ihm heraus.

Eine Armlänge trennte ihn von Frank Feldberg, der wie aus heiterem Himmel verschwunden war.

Jan fixierte den Raum um sich herum. Der Kerl war wie vom Erdboden verschluckt. Er kehrte aufgewühlt an seinen Thekenplatz zurück.

»Zapf mir bitte ein blondes Kühles«, sagte er zum Barkeeper. Olivia tauchte abgekämpft und vom Schweiß durchtränkt auf und riss ihm das Bier aus der Hand.

»Hey, ich habe einen tierischen Brand.«

Sie drückte ihm das halb leere Glas wieder in die Hand.

»Jan, welche Katastrophe ist dir passiert? Du blickst, wie vom Hund gebissen« und eh er antwortete, drehte sie sich um und preschte zurück vor die Bühne.

Jans Augen durchstreiften den Kneipenraum.

»Wo sind die Toiletten?«, fragte er den Barkeeper.

»Rechts um die Theke herum die Stufen hinunter in den Keller.«

Vor der Toilettentür fiel ihm Frank Feldberg direkt in die Arme. Beide verharrten eine Sekunde und starrten sich entgeistert an.

Jan drängte Feldberg wieder zurück in die Toilette und schlug auf ihn ein. Am Pissoir stand einer mit dem Rücken zu ihnen, der sich umdrehte, als Frank Feldberg gegen das Nachbarpissoir flog.

Mit geröteten Augen und lallender Sprache fragte er: »Ey, was isn llllos bei Euch?«, drehte sich um und torkelte hinaus.

Jan hatte Frank Feldberg wieder gepackt und klemmte seinen Arm um dessen Hals.

»Wo bleibt die beruhigende Entschuldigung, du Bastard?«, keuchte er siegessicher und mit klopfendem Herzen.

»Na, warum höre ich nichts?«, fragte Jan und presste seinen Arm stärker um Frank Feldbergs Hals.

»Ich ... eh, eh, ich ersticke!«, rief Feldberg nach Luft schnappend.

»Ernsthaft? Das ist wie bei mir. Sachen gibt es. Atemnot als Brücke der kumpelhaften Verbundenheit. Seit diesem beschissenen Handykauf ist meine Kehle wie zugedrückt und die hochgradig schmerzenden, geprellten Rippen verengen den Luftweg«, schrie Jan.

Er schob Frank Feldberg näher an die mit Sprüchen wie Love für Mira & Hanno, Nazis ins Klo, Fuck Freiheit beschmierte Wand.

»Hören Sie zu, Sie, Sie ... Sie Betrüger und Schläger. Und ihre Dreckssache mit dem Auto. Ich sehe von einer Anzeige ab, wenn Sie mir das Geld für das Handy herausrücken«, zischte Jan dem nach Luft ringenden Feldberg entgegen, der weiterhin im Schwitzkasten von Jan wie in einer Zwangsjacke gefangen war.

Jans Körper blockierte jedwede Handlung und der Unterarmdruck raubte ihm die letzte Kraftreserve.

»Na, was ist mit dem Angebot!«, brüllte Jan und Feldberg krächzte ein gestammeltes »Okay« heraus.

Jan lockerte den Griff und fauchte: »Keine krumme Tour, sage ich Ihnen.«

Er holte sein Smartphone aus seiner Hosentasche und drückte es Feldberg in die Hand.

In dem Moment öffnete sich die mit Wörtern, Sprüchen und abstrakten Formen vollgeschmierte Tür zum Toilettenraum. Zwei miteinander quatschende Kerle traten ein. Jan drehte sich reflexhaft nach den Stimmen um. Feldberg nutzte seine Unaufmerksamkeit aus und stieß Jan zur Seite. Vor Schreck stolperte er nach hinten und fiel auf den Boden. Feldberg drängte sich unterdessen an ihm vorbei und sagte zynisch: »Ach, ich vermute, dein Handy fällt ins Klo« und beim Herausgehen schmiss er Jans Smartphone in eine der aufstehenden Toiletten hinein.

Jan rappelte sich auf und stürzte zum Klosett und fischte durchtränkt mit Ekel sein Smartphone heraus. Schweißperlen tropften von seiner Stirn und suchten ihren Weg in seine Augen. Kraftlos stand er auf und wankte zum Waschbecken des Toilettenraums.

Der eine Kerl stand am Pissoir und beobachtete Jan, der sein Smartphone aus der Hülle heraus fummelte, es behutsam mit Papiertüchern trockenwischte und auf den Händetrockner zuging.

»Lass es!«, rief der Kerl.

»Warum?«, fragte Jan mit zitternder Stimme. »Du zerstörst die Elektronik. Nimm auf jeden Fall den Akku raus. Ein Plastikbeutel, der mit Reis gefüllt ist, hilft angeblich. Das habe ich in einem PC-Magazin gelesen«, sagte er.

~

Als Jan die Toilette verließ, dröhnte ihm die Musik entgegen und hämmerte sich in seinen Kopf hinein.

Seine zusammengekniffenen, vor überkochender Wut erstarrten Augen fixierten die Tanzfläche. Er entdeckte Olivia in der Menge, die wie im Rausch tanzte. Die farbigen Laserstrahlen, die sich wellenförmig durch den künstlich verursachten Nebel stimmungsvoll über die Tanzenden bewegten, erschwerten seine Sicht.

»Da ist er, na warte, Freundchen!«, sagte er zu sich. Er drängte sich durch das Gewimmel auf die Tanzfläche. Inmitten des grellen, pulsierenden Lichtermeeres und der ohrenbetäubenden Musik packte er den vermeintlichen Frank Feldberg von hinten und riss ihn herum.

»Hey, hast du 'ne Klatsche?«

»Oh, sorry, war keine Absicht, eh, ich habe dich verwechselt«, sagte er und entfernte sich schnellstmöglich von der Tanzfläche.

Stück für Stück grub er sich durch das Gedränge und sah in die Gesichter der sich im Rhythmus zum Sound bewegenden Konzertbesucher. Er durchforstete die Gruppe, die draußen vor dem Fenster stand, und seine Augen durchstreiften weiterhin jeden Winkel der Kneipe ohne Erfolg.

Er beobachtete Olivia beim Tanzen. Er trank einen Schluck Bier. Sein Gesichtsausdruck war angespannt und er grübelte mit vulkanartiger Wut im Bauch vor sich hin.

Die Coverband hatte unterdessen ihre letzte Zugabe gegeben. Olivia kam erschöpft und freudestrahlend an die Theke, griff sich sein Glas, leerte es in einem Zug und wischte sich den Mund mit dem Handballen ab.

»Aaah, ich bin tierisch ausgepowert. Bester Geburtstag seit Langem.«

»Freut mich für dich, Olivia«, sagte Jan niedergeschmettert.

~

Jan steckte das Brecheisen in seinen Rucksack. Das im Waffengeschäft gekaufte Pfefferspray wanderte in seine Sakkotasche. Er war startklar für den Besuch bei Frank Feldberg.

Zwei Kunden betraten vor ihm das Geschäft. Jan schlich sich bis zur Scheibe heran. Er faltete seine Hände zu einem Dach, um besser zu sehen.

Eine korpulente Person stand vor den Handy-Hüllen. Die Auswahl war beachtlich. Links hingen die mit den Tiermustern vom Löwen bis zur Schlange. Daneben tauchten die Schutzhüllen mit den diversen Städtebildern auf. Er entdeckte New York mit der Fifth Avenue in Schwarz und eine andere Hülle mit Miss Liberty. Ein Handy-Schutz in sanftem Braun zeigte Paris mit dem Eiffelturm. Weitere Schutzhüllen zeigten die Stadt Rom mit ihrem Wahrzeichen, dem Kolosseum oder die Lagunenstadt Venedig, mit einem bunt gekleideten Gondoliere, rot durchflutet in der untergehenden Abendsonne. In der Mitte des Regals hingen die farbenfrohen Umhüllungen. Sie zeigten geometrische Figuren und Mandalas in wechselnden, sich übertrumpfenden Farben. Ein Blau arbeitete sich in ein Rot über und verschmolz untrennbar mit einem Gelb. Dazwischen schlängelte sich ein Grün, gemischt mit einem Türkis und einem Pink. Rechts hingen dicht gedrängt die Sonderangebote. Ein Schild mit der

Aufschrift SALE lockte mit deftigen Rabatten. Die Hüllen bedruckt mit brechenden Wellen auf weißen Sandstränden, mit Zuggleisen, die ins Nirgendwo führten, mit blaugrünen winzigen und aufgetürmten Wasserblasen, mit Schriftzügen in geschwungener Schreibschrift, die einen dick und farblich abgehoben, die anderen dünn und unaufdringlich. Ein Playboy-Hase bedeckte die ganze Fläche und hing über der Hülle mit der Coca-Cola-Flasche und der mit dem Kaffeebecher in Rotbraun. Ein Kunde tänzelte von links zur Mitte und wieder zurück. Er arbeitete sich an den Sonderangeboten ab und zögerte. Der ältere Interessent unterhielt sich mit Frank Feldberg, der eine Schachtel durchwühlte.

Jan trat vom Schaufenster weg. Er schlenderte ein Stück entlang bis zum nächsten Shop, ohne die Ladentür von Feldberg aus dem Blick zu lassen. Die Zeit zog sich wie zähes Kaugummi hin. Die festgefahrenen Minuten schleppten sich in Zeitlupe voran. Die Kunden schienen vom Elektroshop verschluckt. Mit in den Hosentaschen vergrabenen Händen stand Jan wie festgewachsen auf dem Fußweg, als ein Kunde die quälende monotone Warterei durchbrach und aus dem Geschäft heraustrat.

Wie ein Getriebener stürmte Jan los und stoppte abrupt vor der Ladentür. Er spähte hinein. Wo war der zweite Kunde? Jan biss sich auf die Unterlippe und sah sich verstohlen um. Ein Junge schlenderte auf ihn zu.

Jan rief: »Äh, hallo du mit dem blauen Cape!«

Sein Rufen war umsonst. Der Junge trug Ohrstöpsel und schnippte mit den Fingern vor sich hin. Alles, was er hörte, war sein Sound. Einer hochbetagten Dame stellte Jan sich in den Weg.

»Entschuldigen Sie!«

»Ich gebe nichts! Lassen Sie mich in Ruhe! Aus dem Weg, aus dem Weg, sage ich!«

Ein paar Passanten blieben stehen und beobachteten die Szenerie.

»Na, hören Sie. Sehe ich aus wie ein Penner?«, fragte er entrüstet.

Er brummelte vor sich hin und ballte die Faust.

Er hatte sich von dieser Alten ablenken lassen.

Was, wenn der zweite Kunde in der Zwischenzeit aus dem Laden heraus war?

Seine Augen suchten die Straße ab. Ein Jugendlicher kam direkt auf ihn zu. Den Blick auf sein Handy gerichtet, schlurfte er durch eine Menschenmenge hindurch. Jan schlenderte auf ihn zu und auf gleicher Höhe legte er los: »Entschuldige, ich bin in einer verzwickten Lage und benötige dringend deine Hilfe. Die Sache ist einfach. Prüfe bitte, ob sich Kunden in dem Elektroladen aufhalten.«

Der Jugendliche stippte sich an die Stirn und polterte los: »Verarschen Sie mich?«

Kopfschüttelnd setzte er seinen Weg fort.

Eine weibliche Person mittleren Alters spazierte schnurstracks auf den Elektronikladen zu und war im Begriff einzutreten.

Jan sprang nach vorn, quetschte sich an ihr vorbei und drückte sie zur Seite.

»Hey?«, schrie sie und zuckte zusammen.

»Hopsasa! Es ist nichts passiert. Der Kollege macht kurz eine verspätete Mittagspause. Ich passe auf, dass niemand in der Abwesenheit den Laden ausraubt«, sagte er im schmeichelnden Ton und lächelte sie an.

»Kommen Sie später wieder. Trinken Sie eine Tasse Kaffee oder tätigen Sie einen Einkauf. Am besten im Elektronikmarkt in der Mall gegenüber. Bei Feldbergs Elektronik haben Sie nichts zu suchen. An diesem Ort schlägt jedem der Preis auf den Magen.«

Sie zögerte einen winzigen Moment und Jan bemerkte ihre Unschlüssigkeit. Nach einer gefühlten Minute des Abwägens entfernte sie sich kopfschüttelnd.

Jan frohlockte innerlich.

Zwei Jungen, die sich gegenseitig schubsten und vor Vergnügen quietschten, boten eine optimale Gelegenheit für sein Vorhaben. Mit Vorsatz rempelte er einen von ihnen an. »Aua!«, blaffte Jan los.

»Entschuldigung, das war keine Absicht«, sagte der eine Junge. Der andere kringelte sich vor Lachen.

»Was für eine Ausrede. Das war eindeutig absichtlich. Ich verlange eine Wiedergutmachung«, dröhnte Jan empörend.

Die beiden standen wie zwei ertappte Diebe vor ihm. Ihr Zaudern war ihnen ins Gesicht geschrieben. Sie vermieden es, Jan anzublicken.

»Okay, ihr schaut in dem Laden nach, ob sich ein Kunde dort aufhält. Das ist alles, klar?«

Die Jungen sahen sich fragend an. Jan packte einen von ihnen am Arm.

»Es knallt gleich«, dröhnte er los.

Verschreckt von seinem Tonfall rannten sie hinüber zu Feldbergs Laden. Der eine stand Schmiere vor der Tür. Der andere öffnete sie und drehte sich kurz in den Verkaufsraum hinein. Sein Kopf schwenkte von links nach rechts und beide stürmten wie auf ein Kommando los, schossen an Jan vorbei und der eine Junge rief: »Kein Mensch drin!«

Jan atmete durch und schüttelte seine Arme aus. Er drehte seinen Hals hin und her, beugte sich nach vorn und verschränkte die Hände hinter seinem Kopf. Stockend sog er die Luft durch die Nase in sich hinein und atmete sie bedächtig, mit einem Pfeifton, durch den Mund wieder aus.

»Brauchen Sie Hilfe? Haben Sie Kreislaufprob-
leme?«, fragte eine vorbeikommende Passantin, die
ihn am Arm berührte.

»Nein, alles OK«, stotterte Jan und schob ihre Hand
beiseite.

Sie setzte ihren Weg fort und sah sich wiederholt
zu Jan um.

~

Die Ladentürklingel schrillte ohrenbetäubend und
durchdrang die Totenstille. Ihr greller Ton breitete
sich erbarmungslos im Raum aus und ließ die Luft vib-
rieren. Jan inspizierte jede sichtbare Ecke. Feldberg
war wie vom Erdboden verschluckt. Auf Zehenspitzen
gehend, schlich er sich wie eine Katze bis zum Verkaufstresen vor. Er holte das Brecheisen aus dem
Rucksack und setzte die Kante des schweren Metalls an
die Kassenschublade an. Aus dem hinteren Gang des
Ladens näherten sich hörbare hölzerne Schritte. Frank
Feldberg bog kauend und sich die Hände an einem Trockentuch abwischend um die Ecke.

Hastig schluckte er den Bissen herunter und
raunzte ihn scharf an: »Lassen Sie Ihre Finger von meiner Kasse!«

»Pssst. Sie stören mich. Ich hebele an dem Schub-
fach. Gibt es Handlungen ohne Nebenwirkungen?
Nein! Für jeden von uns ist Bares in dieser Kasse. In

diesem Kasten ist mein Handygeld. Ich hole mir den Betrag, der mir zusteht«, sagte Jan süffisant, während er seine Arbeit fortsetzte.

Feldberg war fassungslos.

»Raus oder ich rufe die Bullen!«, schrie er Jan mit erhobener Hand und einem ausgestreckten auf die Tür weisenden Zeigefinger an.

Jan drehte sich grinsend um.

»Ich ziehe den Hut vor Ihnen. Einfälle haben Sie. Die Polizei rufen. Sagenhafte Idee. Da bekomme ich direkt Angst. Hands up. Das Leben ist eine Tragödie und dieser Moment ist der Hochgenuss einer Komödie.«

»Sie sind kriminell!«, brüllte Feldberg.

»Oh, Ihre Worte klingen eisig. Das ist ungesund. Lassen Sie die Seele baumeln. Ich reguliere den von Ihnen verursachten Schaden.«

Feldberg stürzte abrupt auf Jan zu und riss ihn von der Kasse weg. Das Brecheisen fiel herunter. Feldberg stieß es mit dem Fuß unter den Tresen.

»Raus, eh ich mich vergesse!«

Jan griff in seine Sakkotasche und legte den roten Hebel des Sprays um.

»Die Wetteraussichten für Sie sind zum Abgewöhnen Ihrer spaßigen Verkäufe. Es war mir ein Vergnügen, mit Ihnen Geschäfte zu machen. Ein bescheidenes Chili-Geschenk für einen Freund« und mit einem Ruck holte er das Pfefferspray aus der Tasche und sprühte es direkt in Feldbergs Gesicht.

Der unerträgliche Schmerz ließ ihn kurz in sich zusammensacken. Er schleppte sich halb blind den Gang zur Küche entlang. Seine Augen brannten wie Feuer und tränten. Unter dem eisigen Wasserstrahl der Spüle wusch er sie behutsam aus. Trotz dieser über Minuten dauernden Auswaschprozedur glühte der beißende Schmerz in der Tiefe seiner Augen, die sichtbar zuschwollen.

Jan starrte in die Richtung der Küche. Sein Herz klopfte über das normale Maß hinaus. Seine Augenlider zuckten unkontrolliert hinter seiner Brille auf und ab. Er wartete auf ein Geräusch von Feldberg und trommelte mit seinen Fingern auf dem Tresen herum. Die Minuten verflogen und es blieb die Stille, die ihm Sicherheit versprach. Er bückte sich und holte das Brecheisen unter dem Boden des Ladentisches hervor. Verbissen setzte er seine unterbrochene Arbeit fort und hebelte mit Gewalt die Ladenkasse auf. Das war der Moment, als er das metallisch klingende Klicken des Schlittens der Walter PPK hörte.

6

Das ununterbrochene Läuten der Türklingel holte ihn aus seinem Gedankenstrom der Vergangenheit zurück. Er humpelte zur Tür und riss sie entnervt auf. Olivia stürmte mit ihren klobigen schwarzen Stiefeln an ihm vorbei ins Wohnzimmer.

»Was für eine Tortur. Wegen dieser paar Prospekte habe ich mir eine Endlosgeschichte von Rom angehört. In einer Dauerschleife, da es in jedem Reisebüro von vorn losging«, sagte sie und küsste ihn auf die Wange.

»Du humpelst?«

»Ein Auto hat mich angefahren.«

»Echt, es ist sagenhaft, Jan, was dir innerhalb einer popeligen Zeit passiert«, antwortete sie perplex.

»Was hast du da für Berge angeschleppt?«

»Im wahrsten Sinne des Wortes. Haufenweise Kataloge für diverse Städtereisen als Einzeltrip oder Gruppenreise sowie deine Tageszeitung. Die steckte im

Briefkasten. Lass uns den Prospekthaufen gemeinsam durchsehen.«

»Du Olivia, nach diesen Zwischenfällen ist Urlaub bei mir an letzter Stelle gelistet. Zumindest im Moment, bis ich diese ausweglose Lage geklärt habe.«

Sie verzog ihr Gesicht wie ein bockiges Kind.

»Du hast es versprochen. Dieses ewige Rotieren im Hamsterrad crasht mich. Und was ist aussichtsloser als meine Urlaubsreife«, zeterte sie los.

»Nichts. Ich habe alles andere als Lust auf diese Hochglanzpapiere mit den überteuerten Reisen. Es gibt genügend Internetportale, die die gleichen Touren mit Sicherheit preiswerter anbieten«, sagte er knurrig.

Sie schüttelte lächelnd den Kopf.

»J.F.K., dein Geiz nervt?«

»Gestern war ich deiner Meinung nach protzig und lebte im Überfluss. Heute bin ich knauserig. Entscheide dich für eine Variante, Olivia. Ich lege Wert auf Qualität. Und wer bezahlt freiwillig für ein identisches Produkt mehr? Das widerspricht jedweder marktwirtschaftlichen Logik, von der du null Ahnung hast«, sagte er mit harter Stimme.

»Der oberschlaue Jan, der den Durchblick über meine mangelnde aktenkundige Bildung hat. Apropos, ist mir das mit deiner Qualität egal. Ich als geistige

Niete kaufe gern Schund. Hauptsache, der Ramsch gefällt mir. Ich habe eine Schwäche für das Persönliche und das findet man logischerweise virtuell nirgends. Sozialkontakt nennt man das. Jedes soziale Wesen benötigt Kontakte im zwischenmenschlichen Bereich.«

Ihr Gerede nervte ihn.

»Olivia, dein ganzer sozialer Firlefanz ist eher als Christbaumschmuck geeignet.«

»Selbstlos helfen und dich um Menschen kümmern, davon verstehst du die Bohne«, sagte sie auftrumpfend.

»Deine Aussage ist dämlich. Du weißt, dass ich in meiner Freizeit ehrenamtlicher Fußballtrainer für Kinder bin. Das nennt man soziales Engagement. Ich motiviere die Jungs und bin ihnen ein sportliches Vorbild.«

»Oh J.F.K., hör auf damit. Immer wieder die gleiche Leier mit diesem Sport und deiner vorbildhaften Mission«, sagte sie gefrustet und blätterte in einem der Kataloge.

»Das wäre was für uns, direkt am Kolosseum. Ach nee, die Zimmer sehen altmodisch aus. Die Möbel sind aus Mahagoni. Das ist gruselig, wie bei Dracula.«

Jan sagte beiläufig: »Wie kommst du auf derartige Verbindungen? Dein jämmerliches Gedankenkonstrukt von dem Mobiliar und den Blutsaugern ist im untersten Grenzbereich, Olivia. Das sieht jeder Einfältige, dass es sich um den Vintage-Stil handelt. Ist dir selbstverständlich unbekannt bei deiner Vorliebe für Kunststoffplunder und Sperrholzplattenkrams, das war klar. Die abgebildeten Möbel sind aus massivem Naturholz.«

Seinen belehrenden Einwand ignorierte sie.

»Oh, das ist schnuckelig!«, sagte sie schwärmend und hielt ihm den Prospekt vor die Nase.

»Dieses Boutiquehotel hat total krasse Möbel. Ein Zweisitzer-Sofa im Retro-Look, cool. Und diese Spiegel, die sind geil. Jedes Zimmer ist obendrein anders designt. Wände mit lilafarbenem Stoff und rosa Lampen im Bad und diese Badewanne ist originell. Kostenloses WLAN gibt es on top und eine affengeile Terrasse und der Innenhof erst, mit den Pflanzen in den übergroßen Töpfen. Das ist was mit Persönlichkeit. Ein weiterer Pluspunkt ist, dass es sich um ein kinderfreies Hotel handelt. Kein Kindergeschrei beim Frühstück und nicht in der Nacht. Was meinst du?«, fragte sie forsch.

»Was redest du für einen Quatsch? Welchen Sinn macht ein Hotel ohne Kinder? Du bist herzlos, Olivia. Das liegt an deiner Generation, die eine einzige Idee hat, die Ich-Dimension. Den ersten Preis gibt es bei euch für die eigenen Bedürfnisse.«

»Jan, du hast null Ahnung. Meine Altersgruppe sehnt sich nach Ruhe von irgendwelchen drittklassig erzogenen Nervensägen. Frieden nennt man das. Das ist haargenau dein pazifistischer Maßstab. Wo bleibt im Übrigen dein Qualitätsbewusstsein?«, entgegnete sie schnippisch.

Jan wandte kopfschüttelnd ein: »Warum vergleichst du die Würmer mit Gegenständen? Die Kleinen liegen mir zumindest am Herzen. Nicht umsonst, übernehme ich beim Nachwuchstraining die Elternrolle. Diese väterliche Liebe ist einer Person wie dir fremd. Deine eigentümliche Sichtweise ist ichbezogen und menschenverachtend«, sagte er verständnislos.

Sie stoppte mitten im Umblättern und drehte ihr Gesicht zu ihm hin.

»Weißt du, was in Wirklichkeit menschenverachtend ist? Vergewaltigung, Folter, Mord, Sklaverei, Krieg führen und tausende rabiate Gräueltaten mehr. Wenn du auf Kinder derartig abfährst, wo sind bitte deine eigenen Nachkommen?«

»Die primäre Voraussetzung für verantwortungsvolle Elternschaft ist ein passendes Weib. Bislang habe ich die Mutter meiner zukünftigen Kinder vergeblich gesucht«, entgegnete er barsch.

»Ist das verwunderlich bei deiner Anspruchshaltung?«, gab sie scharfzüngig zurück.

Sie blätterte ein paar Seiten im Prospekt um und sagte giftig: »Die Gören sind mir am Ende egal. Ich bin nach diesem Semester urlaubsreif. Du hast mich eingeladen und mir eine beispiellose Woche Kultur mit La Dolce Vita versprochen. Dein mondäner Trevi-Brunnen ist für mich zu schade, oder was? Du meinst, die heimische Badewanne reicht für mich, nicht wahr?«

Sie schob ihm den Prospekt rüber. Stirnrunzelnd sah er auf den Preis.

»Buchen wir es?«, fragte sie nörgelnd.

»Was kostet dein Boutiquehotel?«, fragte er streng.

»Hast du die Reisekosten im Internet verglichen? Bei den Reisebüros zahlt man die Kataloge mit den hochwertigen Fotos, Fixkosten und sonstige Provisionen mit.«

»Ich suche stundenlang im Netz herum oder wie hast du dir das vorgestellt? Darauf habe ich null Bock«, sagte sie trotzig.

»Liebe Olivia«, holte er aus.

Ein weiteres finanzielles Waterloo war für Jan ausgeschlossen.

»Ohne einen ausführlichen Preisvergleich verzichte ich auf die Reise mit dir und ziehe die Einladung zurück.«

»Wäre dem Herrn ein Special-Angebot genehm? Direktflug nach Rom, Hotel nahe der City, tägliches

Frühstück, ein Ausflugspaket sowie eine Flasche Wasser pro Tag.«

Bei dem Wort Special sah er den Zusammenprall mit Frank Feldberg vor sich. Innerlich tobte es ihm.

»Diese Angebote sind eine üble Abzocke«, sagte er in einem abwehrenden Ton.

»Es ist ein Sonderpreis. Mit deinen Worten gesprochen, ein Urlaubsschnäppchen. Wucher sieht anders aus, Jan«, entgegnete sie patzig.

»Derartige Reisen für die breite Masse sind mit meinem Verständnis von Urlaub unvereinbar. Die buchen Personen, die im Flieger mit geringem Sitzabstand und in den Minisitzen wie die Heringe kauern. Vorher reihen sie sich in der Endloswarteschlange am Check-in-Schalter ein. Das sind Menschen, die Ausgrabungsstätten wie Pompeji für eine Speise halten und behaupten, dass sie in Spanien sind, weil sie vor der Spanischen Treppe stehen«, fuhr er entschieden fort.

Sie schüttelte den Kopf und warf mit einem auf der Rasierklinge tanzenden Ton ein: »J.F.K., du bist ein überheblicher Snob.«

Es wurmte ihn, dass er ihr in einem Anflug von Leichtigkeit die Reise versprochen hatte. Er hatte andere Sorgen.

Beleidigt blätterte sie in den Katalogen herum. Jan griff sich die Tageszeitung. Die Schlagzeile schoss ihm ins Auge: Wucht der selbst gebauten Sprengsätze tötet 15 Menschen!

Der Titel war ein Zeichen für die Vergeltung und gab ihm das Signal zur mörderischen Idee. Sein Inneres war total ramponiert. Dieser Frank Feldberg hatte mit dem Handyverkauf Grenzen der Fairness überschritten. Am Ende hatte er sich mit der Waffe in der Hand zu einem Killer entwickelt. Für diese verbrecherische Handlung war Nachsicht fehl am Platz. Die Justiz war zu tolerant. Hatte er aus diesem Grund eine andere Wahl? Seine Gedanken kreisten um den Vergeltungsschlag. Seine Überlegungen benötigten Ruhe und eine detaillierte Recherche. Olivia störte bei seiner Informationssuche. Es war an der Zeit, sie unauffällig loszuwerden.

»Pass auf Olivia, ich finde es prima, dass du die Prospekte besorgt hast«, lenkte er schmeichelnd ein.

»Ich habe nachgedacht. Das Boutiquehotel versprüht durch das exquisite Mobiliar einen aus dem Rahmen fallenden Charme und die persönliche Atmosphäre klingt vielversprechend. Im Vergleich zur Konkurrenz der Sommerangebote ist es spitze. Der Aufenthalt im Erwachsenenhotel klingt bei genauerer Überlegung tatsächlich reizvoll. Wenn wir ein derartig vollgestopftes kulturelles Programm haben, benötigen wir eine Atempause im Hotel befreit von tobenden

Kindern und ihrem Gekreische. Die Recherche im Netz und das Buchen übernehme ich. Für heute lege ich mich hin, um meinen Unfall zu verdauen. Wir sehen uns die Tage, einverstanden?«

»Den Rausschmiss verzeihe ich dir, wegen des Einlenkens und deinem Zugeständnis für das Hotel«, sagte sie beruhigt und küsste ihn zum Abschied.

7

Die kommenden Tage tauchte Jan weg und vergrub sich in seiner Problembeseitigung. Er besuchte die Bücherei, wühlte sich stundenlang durch Elektronikbücher und Chemiebücher durch. Er durchstöberte die Läden nach Bausätzen für Elektronik, schleppte ein paar davon in seinen Keller, baute und probierte mit den Kabeln und den Stromkreisen herum, legte die Drähte und testete die Erschütterungsschalter. Seine Steckplatinen versah er mit komplexen Schaltungen. Er schliff, schnitt und lötete. Seine Hände prüften elektrische Bauteile und Prozessoren und kontrollierten die Reaktion von Lichtschranken und Sensoren. Er beschäftigte sich mit diversen Zeitzündern und entschied sich mit einem breiten Grinsen auf seinem Gesicht für die elektronische Variante.

Als er sich in die chemischen Prozesse vertiefte, bereitete es ihm klar erkennbar Spaß. Er erinnerte sich an seine Schulzeit und den Schauplatz seiner ersten, wie er in sich hineinlachend feststellte, selbst gezündeten Bombe. Im Chemieunterricht hatten sie das Thema chemische Reaktionen. Jeder hatte die Hausaufgabe aufbekommen, im Unterricht ein Beispiel vorzuführen. Er mischte Backpulver mit Essig zusammen, verschloss das Behältnis luftdicht und schüttelte die Box auf und ab. In dem Moment, in dem er sie auf den Tisch stellte, gab es einen ohrenbetäubenden Knall, der allen im Klassenraum, besonders dem Lehrer, für eine lange Zeit in den Knochen lag. Der Deckel und die Box verwandelten sich in ein Wurfgeschoss. Ein paar Schüler duckten sich geistesgegenwärtig und tauchten unter dem Tisch ab. Der ganze Raum war verschmiert von dem Gemisch und den Rest der Unterrichtsstunde hatten sie mit der Reinigung verbracht.

~

Jan wühlte sich nächtelang nach brauchbaren Anleitungen für seinen Plan durch das Internet. Er sah sich einen Haufen Filmbeiträge auf YouTube an, lud sich den Tor-Browser herunter und eine Verschlüsselungssoftware für seine Internetadresse. Abgesichert tauchte er ab in die Dunkelheit des Netzes.

Akribisch schrieb er sich jeden seiner Schritte in eine To-do-Liste. Wenn er einen Punkt erledigt hatte, strich er ihn säuberlich durch. Eine gewisse Zahl von

Aufgaben versah er mit einem roten dicken Ausrufezeichen. Diese Ausführungen waren mit Vorsicht zu genießen und lenkten unter Umständen den Verdacht auf ihn.

~

»Da bist du!«, rief er aus und küsste den ersehnten Briefumschlag.

Unmittelbar nachdem die Wohnungstür hinter ihm ins Schloss gefallen war, riss er den Brief auf.

»Wahnsinn, was in diesem Land alles machbar ist. Wer es darauf anlegt, verwandelt sich in ein Phantom. Diese kriminellen Aasgeier sind mitunter zu etwas nützlich«, sagte er kopfschüttelnd zu sich.

Mit seinem roten Stift strich er penibel die Position Nummer eins der Liste Packstation mit anonymer SIM-Karte und identitätsverschleiernder Nutzerkarte durch.

Mit einem ausgedruckten Stadtplan, der an einigen Stellen mit einem fetten X markiert war, düste er los.

Die ersten Stationen, die er anfuhr, lagen abseits vom Trubel. Die eine war hinter einer Tankstelle versteckt. Im entfernteren Teil des Bahnhofsgeländes lag die andere. Eine weitere Packstation fand er am Parkplatzrand eines Baumarktes vor.

Für sein Vorhaben lagen sie alle recht günstig. Der Publikumsverkehr war gering und man entdeckte sie erst nach längerem Suchen. Die Station an der Tankstelle eignete sich am besten für den Zweck. Gegenüber lag eine Industriebrache, die als Beobachtungspunkt ungefährlich war. Das einzige Problem sah Jan in der Ausfahrt der Autowaschanlage, die neben der Ablagestation lag.

»Die Pakete hole ich spät am Abend oder in der Nacht ab. Zu der Zeit wäscht niemand sein Auto«, sagte er grübelnd zu sich.

Er inspizierte die einzelnen Fächergrößen und die Eingabetastatur sowie den Bildschirm.

»Aah, die PIN gebe ich an dieser Stelle ein und wo kommt die Nutzerkarte rein?«

Sein Blick wanderte aufwärts und blieb an dem Schild mit der Aufschrift: Diese Packstation ist alarmgesichert und videoüberwacht, kleben.

Diese Station strich er von seiner Liste. Die nächsten Punkte, die er anfuhr, waren ebenfalls überwacht.

Es blieb eine Packstation auf dem Parkplatz direkt an der Rückwand des Supermarktes übrig.

Auf der hinteren Seite des Ladens reckten die hochgewachsenen, schlanken Pappeln ihre Hälse in den Himmel und schielten auf den vor ihnen liegenden Sportplatz. Auf der vorderen Seite, gegenüber vom Parkplatz, entdeckte Jan drei Wohnhäuser, die ein Risiko darstellten. In einem von den Häusern war ein

Imbiss untergebracht. Jan schlenderte hinüber und trat ein. Es roch nach Fritten, gegrillter Wurst, gebratenem Hähnchen und abgestandenem Fett. An zwei der drei Plastiktischen standen Personen, die sich lautstark unterhielten.

»Was willsten haben?«, fragte der Kerl hinter der Imbisstheke, während er den heißen Frittenkorb aus dem Öl herausnahm und die Fritten in eine Ablage schüttete. Er rieb sich seine Hände an der mit braunen Fettflecken übersäten Schürze ab, stemmte sie in seine Hüften und sah Jan fragend an.

»Currywurst mit Pommes bitte«, sagte Jan und schob seiner Bestellung einen Kaffee nach.

Kurz darauf stand er mit seiner mundgerechten Wurst und der extrascharfen, mit Chili und Cayennepfeffer gewürzten Soße, die die goldgelben Fritten in ein Rot verwandelte und seinem dampfenden Kaffeebecher am Stehtisch. Zwischen einem Bissen und einem Schluck aus dem Kaffeepott beobachtete er den Parkplatz und die Packstation.

Die vereinzelt auf den Platz fahrenden Autos verstärkten das Gefühl der Abgeschiedenheit der Parkfläche. Ein Auto hielt gegenüber der Station. Das Nummernschild war verschwommen sichtbar. Von diesem Punkt aus identifizierte ihn mit Sicherheit niemand.

~

Als er zu Hause angekommen war, setzte er sich an seinen Computer und meldete sich bei der Packstation an. Im Anschluss tauchte er in die anonymen Tiefen des Darknets ein. Unsichtbar vor irgendwelchen lästigen fragenden Augen, bestellte er die auf seiner Liste stehenden chemischen und elektronischen Materialien sowie drei Rucksäcke.

»Das wäre es vorerst«, sagte er zufrieden mit sich und fuhr den PC runter.

Am übernächsten Tag erhielt er die Nachricht, dass seine Bestellung eingetroffen war. Ein beklemmendes, schattiges Gefühl zerrte an Jan und verdichtete sich zu der Frage, ob das diskrete Darknet seine Spuren unauffindbar verschlungen hatte. Winzige Zweifel nagten an seinem verbrecherischen Vorhaben. Er durchlebte Momente der Unsicherheit und zog vorübergehend eine Notbremsung in Betracht. Er wartete bis zum Abend und fuhr zu der Packstation. Damit im Zweifelsfall niemand Spuren seiner Fingerabdrücke auf der Tastatur entdeckte, zog er sich vorsichtshalber dünne Handschuhe über. Er tippte den Code ein und öffnete das Fach, holte die Ware heraus und trug sie zum Auto.

~

Als die Wohnungstür hinter ihm zuschlug, atmete er kurz durch. Er hatte die Befürchtung, dass Olivia ihm im Treppenhaus begegnete und ihn in bester Stalker-

Manier in Bezug auf seine Einkäufe löcherte. Ihr war zuzutrauen, dass sie wie ein Aasgeier über ihn herfiel und ihm im Überschwang ihrer Neugierde eine Verpackung entriss. Ihre dämlichen Fragen zum geheimen Inhalt hörte er in die Stille des Zimmers hinein.

Er benötigte für sein Vorhaben einen kühlen Kopf. Die Kaffeepause mit den Keksen, die er wie in Zeitlupe Stück für Stück in sich hineinschob und bedächtig zerkaute, lenkte seine Aufmerksamkeit auf sein Ziel. Bevor er sich in seine Arbeit stürzte, holte er seine im Baumarkt gekauften und in bar bezahlten Sicherheitsutensilien aus dem Garderobenschrank heraus und schleppte sie ins Bad. In aller Ruhe legte er die Abdeckfolie bis in die letzte Ecke hinein aus. Anschließend schlüpfte er in den weißen Einweg-Maleroverall und streifte sich die Überziehschuhe über seine Socken. Behutsam öffnete er die Klebebänder des Kartons. Sein Badezimmer glich in Kürze einem unkonventionellen Labor. Mit einer Lupe überprüfte er ein Reagenzglas nach dem anderen auf potenzielle Risse. Zähneknirschend, aber mit dem beruhigenden Gedanken, mit einem feuchten Wischtuch den Normalzustand wiederherzustellen, hatte er seinen Badezimmerspiegel aus pragmatischen Erwägungen in eine Tafel verwandelt. Mit seinen non-permanenten Kreidemarkern schrieb er säuberlich die einzelnen

Schritte seiner Sprengcocktails auf das Glas. Er schlüpfte in die Rolle eines modernen Alchemisten, der mit bunten Reagenzgläsern, die mit diversen extrem gefährlichen Substanzen gefüllt waren, in der Badewanne jonglierte. Aufs Gewissenhafteste schaufelte er mit einem Spatel die Chemikalien in die Gläser, die er ausführlich beschriftete. Abgesehen von der Elektronik, die ihn aufs Schärfste ausbremste, arbeitete Jan akribisch seine ausgeklügelte, vorgefertigte Gebrauchsanweisung ab. Die elektronischen Verbindungen verlangten höchste Konzentration und kitzelten an seinen Nerven. Er hatte nicht die Absicht, seine eigenen vier Wände dem Erdboden gleichzumachen. Alle seine Alarmglocken schrillten vor jedem Schritt einer weiteren unbekannten Verkabelung. Bis er die Lunte nach seiner detaillierten Skizze an die beiden Pulverfässer gelegt hatte, war die Zeit unaufhaltsam in die Nacht gerast und die Welt im Schlaf versunken. Die Zeitungsfrau schmiss die Tageszeitungen in die Briefkästen und Jan, erschöpft und mit schwarzen Augenringen, besah sich die Rucksäcke, die er für den Höllentest präpariert hatte. Für einen Augenblick schloss er seine schweren Augen und schlummerte ein paar Minuten vor sich hin, bis sein nach hinten kippender Kopf ihn wachrüttelte. Gerädert begrüßte er sein grünes Leichtgewicht, das die geringere Sprengmasse in sich trug, und sein rotes Schwergewicht, befüllt mit einer wuchtigen Masse für den gewaltigen Knalleffekt.

»Guten Morgen. Heute werdet ihr als Konkurrenten in diesem aufregenden Test gegeneinander kämpfen und mir meinen Tag versüßen. Ich bin gespannt, welche tödliche Dosis sich in diesem Wettbewerb behauptet«, sagte Jan frohlockend.

~

Sein heutiger Probelauf war für die Sprengstoffmischung des dritten Tatrucksacks entscheidend. Er packte die beiden mit einem elektronischen Zeitzünder versehenen Rucksäcke in seine Sporttasche und schlenderte pfeifend zum Auto. Er kannte die Strecke, da er sie wiederholt abgefahren war.

Den Wagen parkte er verdeckt unter einigen Büschen. Mit seiner Tasche betrat er den Weg mit dem Schild Achtung! Lebensgefahr! Bleiben Sie auf den zulässigen Wegen. Gebiet ist mit Kampfmitteln belastet.

Er genoss die morgendliche Frische, den sanften Wind und das Gezwitscher der Frühaufsteher, die sich auf dem ehemaligen Truppenübungsplatz tummelten. In der Ferne sah er den Turm und entschied sich, von dort aus nach einem geeigneten Platz für sein Experiment Ausschau zu halten. Ein sandiger Weg führte über eine schräge Böschung hinunter bis zum ersehnten Aussichtspunkt. Stufe um Stufe kletterte er die rostige Stahlkonstruktion hinauf. Eine imposante Aussicht bot sich ihm. Zwischen einem lang gezogenen Waldstreifen aus dichtem Grün schlängelte sich am Horizont ein Fluss entlang.

Ein lavafarbener Himmel, getränkt mit blutroten Wolken und einem blassen Taubenblauton, läutete den Morgen ein. Auf einer Wiese sah er Schafe weiden und hörte ihr zeitweiliges Blöken. Auf der anderen Seite entdeckte er, eingepackt zwischen den Bäumen, sein Ziel. Es handelte sich um zwei Kasernengebäude. Er blieb ein paar Minuten auf dem Turm und genoss die Stille und die Aussicht.

Er grübelte, wie er zu seinem auserkorenen Ziel gelangte, ohne die Hauptwege zu verlassen. Er war sich bewusst, dass zahlreiche Blindgänger herumlagen und ein falscher Tritt tödlich endete. Der Pfad führte in die entgegengesetzte Richtung. Er war innerlich hin- und hergerissen. In dem Moment, als er sich fragte, ob die Aktion dieses Risiko wert war, lugte ein lang gezogenes Schafgesicht mit herausgestreckter Zunge durch das Gebüsch. Wenn die Schafe die Wege verließen, war die Gefahr für ihn gebannt. Seine Verkrampfung löste sich und er trottete hinter dem Tier her. Das gemächlich vor ihm hergehende Schaf führte ihn auf die sattgrüne Wiese, die er von dem Turm aus gesichtet hatte. Eine Gruppe von drei dicht beieinanderstehenden Schafen beobachtete ihn im Synchronstil. Zeitgleich steckten sie ihren Kopf in den dicken Grasteppich und schoben den Unterkiefer taktgesteuert im Wechsel von links nach rechts.

Jan wanderte quer zur Wiese und überquerte einen mit Wassertümpeln durchzogenen sandigen Platz. Auf der anderen Seite tauchte er in kniehohes Gras ein, das überging in ein dichtes Buschwerk. Bei jedem knackenden Schritt blieb er stehen und wartete ein paar Sekunden. Wachsam berührten seine Füße den lehmigen Boden. Eine Vielzahl von Schmetterlingen umkreiste ihn. Ein entwurzelter, mit seidigem Moos überzogener Baum versperrte ihm den Weg.

Behutsam kletterte er über den rutschigen Stamm. Er glitt ab, die Tasche und er schwankten in der Luft. Mit Wucht, die Augen geschlossen vor dem, was gleich passiert, prallte er auf der anderen Seite auf.

»Verdammt!«, raunte er schwer. Die Angst vor den Minen begleitete ihn. Er stapfte über die Böschung, bis er den verfallenen Gebäudekomplex sah.

Die hölzerne Eingangstür hing in den Angeln und quietschte im sanften Wind. Im muffig riechenden Treppenhaus fehlte das Geländer. Die herausgerissenen Dachlatten gaben die Sicht über die zwei Stockwerke hinaus in den Himmel frei. Sein Blick fiel durch ein defektes Sprossenfenster auf das Grün der Bäume.

Die Sonne versuchte mit Wucht, durch die milchigen und in Spinnweben eingewickelten Fenster zu dringen. Bei jedem Schritt knirschte es unter seinen Füßen. Der Putz bröckelte an zahlreichen Stellen von den verschmutzten Wänden und legte das Mauerwerk frei. Hunderte Wasserflecke krochen vom Boden zur Decke und drangen wie Schädlinge in sie ein. Die in die Tage gekommenen Stromleitungen hingen zügellos herum.

In einem Zimmer lag eine vergilbte Zeitung, deren Datum und Titel nicht mehr lesbar waren. In einer Ecke des Raumes drängelte sich ein Haufen mit bunten Plastikbechern, Kekspapier, aufgeweichten Kartons und entleerten Getränkeflaschen neben einer an die Wand gestellten, mit Flecken und Brandlöchern übersäten Matratze.

Blaue, dickwanstige Müllsäcke spähten unter einer schwarzen Abdeckplane hervor. Die Waschbecken waren herausgerissen und in die mitten im Raum stehende Toilette quetschte sich kopfüber ein durchgerosteter Metalleimer. Benutzte Papiertaschentücher pressten sich zwischen vom letzten Sturm herein gewehten Zweigen und Blättern. In nahezu allen Zimmern fehlten die Türrahmen. Die paar Regale hingen zersplittert an der Wand. Gelbbraune Postkarten, mit einer blassen, unlesbaren Schrift, lagen zerstreut neben einem umgekippten Hocker auf dem Boden.

Jan stieg bedächtig die Stufen in das obere Stockwerk hinauf. Da, wo einst ein Fenster war, klaffte ein Loch. Seine Augen suchten einen sicheren Platz für die Deckung während der Sprengung. Das Waldstück schien ihm ungeeignet, da es zu dicht am Gebäude lag. Ebenso die freie sandige Fläche, die keinen optimalen Schutz bot. Seine Augen blieben an den bräunlich schimmernden Gesteinsblöcken kleben, die ihre bedrohlichen vorauseilenden Schatten auf einen Krater warfen. In dessen Mitte entdeckte Jan eine zerklüftete Senkung, die maßgeschneidert für sein Vorhaben war.

Er deponierte seinen leichtgewichtigen Rucksack in dem rechts vom Treppenhaus liegenden Zimmer des Gebäudes und aktivierte den Zeitzünder. Innerlich erregt, eilte er aus dem Haus seinem Versteck entgegen. Bevor er sich in die Senke kauerte, griff er in seine Sporttasche und setzte sich seinen orangefarbenen Gehörschutz und den weißen Sicherheitshelm auf.

Ein Knall riss ihn aus seiner Anspannung heraus. Er sah auf seine Armbanduhr und nickte zufrieden.

»Pünktlich, absolut pünktlich«, sagte er mit einem zufriedenen Lächeln. Er streifte den Gehörschutz und den Helm ab, legte beide Utensilien in die Tasche und marschierte zum Gebäude zurück.

Die Eingangstür lag ein paar Meter vor dem Haus und ein Fenster war zerstört und herausgebrochen.

Aus dem Loch des Eingangs wehte ihm eine Staubwolke entgegen.

»Absolut top für den ersten Versuch«, sprach er sich anerkennend zu, während er das Haus betrat.

Die Mittelwand in dem Raum, wo der Rucksack gelegen hatte, war komplett weggesprengt. Vereinzelt blinzelte durch die mit Bauschutt bedeckte Bodenschicht ein blauer Fetzen der ehemaligen Müllsäcke hervor. Ein Waschbecken lag in Scherben. Die vorhanden gewesenen Fenstergläser waren herausgedrückt und das Glas verteilte sich wie ein Sternenhaufen am Boden.

»Das ist absolut irre. Auf die zweite Ladung bin ich gespannt«, sagte er mit einer Seelenruhe.

Sein nächster Sprengsatz war zigfach größer. Er wählte einen zentralen Punkt im Gebäude und platzierte dort den Rucksack. Es war kurz vor 11:30 Uhr. Er aktivierte den Zeitzünder für 12:00 Uhr.

Als er aus dem Gebäude trat, klopfte er sich selbstverliebt auf die Schulter und stapfte zurück zu seinem auserkorenen Sicherheitsplatz.

Er setzte sich, griff in seine Tasche und holte eine Thermoskanne aus Edelstahl und seine Brotbox heraus. Der Kaffee dampfte und roch, als hätte er ihn frisch aufgebrüht. Er biss in sein dickes, mit Tomate, Gurke, einem Ei und einem Stück Hähnchenbrustfilet belegtes Brötchen, trank einen kräftigen Schluck aus seinem Trinkbecher und lächelte gelockert in die Umgebung. Er sah aus wie ein Wanderer bei seiner Brotzeit. Die Füße mit den Wanderstiefeln hatte er nach vorn ausgestreckt. Sein kariertes Hemd war bis unterhalb der Ellbogen aufgekrempelt. Aus einer Seitentasche seiner robusten braunen Trekkinghose holte er ein Taschenmesser heraus und schnitt sich seelenruhig einen Apfel auf. Sich unverkennbar wohlfühlend, packte er gestärkt von der Mahlzeit seine Utensilien wieder ein und bereitete sich auf die folgende Sprengung vor. Er setzte seinen Helm und seinen Gehörschutz auf und legte sich flach hinter die felsige Böschung. Der ohrenbetäubende Knall ließ ihn zusammenfahren, und obwohl er auf dem Boden lag, hatte er das Gefühl, dass sein Körper durch die bebende Erde hochflog. Massenweise prasselten Gesteinssplitter auf ihn nieder. Schützend verschränkte er seine Arme um den Kopf und drückte sein Gesicht in den Erdboden. Eine gefühlte Ewigkeit lag er unbeweglich an seinem Platz, bis er es wagte, aufzublicken. Sein ganzer Körper war wie mit grauem Puder überzogen und die sich verteilende Wolke ließ nur eine vernebelte Sicht zu. Seine Sporttasche lag unter einer Staubschicht und unweit neben ihm lag der rostige Metalleimer aus der Toilette.

Er zog seine Hose und sein Hemd aus, klopfte seine Kleidung auf dem felsigen Untergrund aus und stand währenddessen in einer nebligen Wand.

Er ergriff seine Tasche und den verrosteten Eimer, den er der Umwelt zuliebe mitnahm. Er trat über die Böschung. Der freie Blick ließ sein Herz bis zum Hals klopfen. Seine Augen blitzten auf und innerlich stand er unter Strom. Die schwergewichtige Belastungsprobe war ein absoluter Erfolg. Von dem Kasernengebäude war einzig eine kniehohe Umrandung übrig geblieben. Der Rest war ein beispielloser Schutthaufen mit zerbröseltem Gestein, zerbrochenen Betonplatten, Ziegeln, Holzlatten, herauskatapultierten ganzen Fenstern mit Rahmen und weggesprengten Türen.

~

Als er sich den Staub abgeduscht hatte, markierte er auf dem Badezimmerspiegel das Mischungsverhältnis mit der geringeren Sprengmenge mit einem grünen Kreuz. Bevor er mit der Mischung loslegte, sah er kurz die Post durch. Da war sie wieder, die alles vernichtende Werbung mit seinem Handy, Spitzen Tagesdeal, greif zu!

»Greif zu, greif zu, ich habe längst zugegriffen!«, brüllte er der Verzweiflung nahe. Aufgebracht stürmte er ins Bad und riss ein Blatt Toilettenpapier nach dem anderen von der Rolle. Erregt und mit zittrigen

Händen knüllte er die Blätter zusammen. Benommen vor Wut trug er seinen Papierballen zum Waschbecken, befeuchtete ihn und wischte entfesselt mit druckvollen Handbewegungen die grün markierte Sprengstoffmischung weg.

»So, mein lieber Frank Feldberg. Ein Garant für eine erfolgreiche Kundenbeziehung ist eine bombige Lektion. Deine dreiste Abzockerei ist bald mit dem kräftigen Explosionsvergnügen beendet. Wer benötigt einen Krieg, wenn ein Knall reicht?«, zischte er.

8

Der Bolzplatz lag abseits von den Wohnhäusern und versteckt hinter dem Wasserturm. Sein Zustand war lausig. Zu viele Steine und Sand und ohne Gras. Die metallenen Tore waren in die Jahre gekommen und rosteten unbemerkt vor sich hin. Wie die meisten Plätze war er eingezäunt und glich eher einem Bolzkäfig. Unter den Jungen, die lautstark kickten und mit harten Bandagen kämpften, erkannte er ihn sofort.

»Danke, Cartier-Bresson«, sagte er frohlockend.

Feldbergs Sohn schrie: »Yeah« und spielte den Ball. Ein anderer älterer Junge sprintete von hinten heran. Ein weiterer Spieler brüllte dazwischen: »Gib ab, gib ab, hier rüber, Spatz!«

Florian hechelte mit dem Leder beharrlich über den Platz. Der ältere Bursche überholte ihn und sprang wie in einer Zeitlupe vor den rollenden Fußball. Er stoppte die Kugel, drehte sich blitzschnell im Kreis und schoss den Ball treffsicher ins gegnerische Tor.

Lachende Gesichter und Juchzen auf der einen Seite und vergnatzte Jungen auf der anderen Seite.

»Oh Spatz, deinetwegen haben wir diesen Rückstand«, meckerte einer genervt. Das Spiel kam wieder ins Rollen und die ledrige Winzigkeit flog Florian, der direkt vor dem gegnerischen Tor stand, auf den Fuß. Ein Ausgleich schien unausweichlich. Die geladene Atmosphäre auf dem Platz war fühlbar. Eine Stille legte sich über das Spielfeld. Die Jungen hielten den Atem an und mit funkelnden Augen fieberten sie dem Schuss entgegen.

Florian schoss den Ball raketenförmig nach vorn. Der Fußball rast auf das Tor zu. In der Luft dreht er sich abrupt und prescht am Ziel vorbei. Florian kreischte mit seiner spitzen Stimme »Tor« und ließ sich theatralisch zu Boden fallen. Er blieb liegen und wartete auf den Jubelsturm und die rasenden Umarmungen seiner Mitspieler. Stattdessen hörte er leises Gemurmel. Die Traube von Spielern, die ihn lautstark beglückwünschten, blieb aus, denn der Fußball hatte sich statt ins Tor in das dichte Grün hinter dem Zaun gebohrt.

Ein Mitspieler rannte um den Platz herum und holte den Ball. Seine Faust ballte er in Richtung Florian und brüllte: »Fuck you!«

Die anderen Jungen aus der Mannschaft standen mit frustrierten Gesichtern herum, bis sie sich aufrafften und das Spiel fortsetzten.

Die rivalisierenden Spieler feuerten sich einander lautstark an. Erlangte einer die Kontrolle über den Ball, verteidigte er ihn kraftvoll in einem heißen Zweikampf. Das Leder klebte an seinem Fuß, er täuschte den Gegenspieler mit einem abrupten Richtungswechsel und sprintete an ihm vorbei. Die Jungs scheuten keinen Körperkontakt, und das ein oder andere Foul, das Blessuren verursachte, schrammte ohne den Pfeifton eines Schiedsrichters an der Grenze der Unsportlichkeit entlang. Sie zogen am Trikot des Gegners, bis dieser stolperte und hinfiel. Sie traten mit Absicht auf den Fuß des gegnerischen Spielers, setzten ihre Ellbogen auf eine unfaire Art ein und pöbelten ihre Mitspieler mit unflätigen Ausdrücken an.

Florian war einem Gegner dicht auf den Fersen. Vor dem Tor seiner Mannschaft entstand ein Gerangel und statt dem Torwart bei der Verteidigung zu helfen, landete er einen Volltreffer ins eigene Tor. Die Aufholjagd war gescheitert. Florian hatte sein Team, das alles gegeben hatte, zum wiederholten Male ins Aus manövriert.

Die gegnerische Truppe jubelte. Sie liefen aufeinander zu und umarmten sich.

»Okay, Spatz, du gehst besser nach Hause«, rief einer von hinten.

»Warum? Es war ein Patzer.«

Ein anderer schubste ihn und sagte: »Verpiss dich! Los, hau ab!«

Ein schlaksiger Bursche entgegnete: »Kommt, Jungs, haltet den Ball flach. Lasst uns das Feld räumen und auf dem Sportplatz weiterspielen. Wie sieht es mit euch aus?«, rief er fragend zur gegnerischen Mannschaft herüber.

Die Jungen sammelten sich und schlenderten über den Bolzplatz. Einer hatte Florians Ball unter seinen Arm geklemmt.

»Hey, das ist mein Fußball!«, brüllte Florian und rannte hinter der Gruppe her.

Der mit dem Ball warf ihn pfeifend in die Luft. Ein kräftigerer Junge kehrte abrupt um. Er blieb vor Florian stehen und stemmte seine Arme in die Hüften.

»Lass uns in Ruhe«, kam es bedrohlich rüber.

Einer, den sie Tim nannten, drohte ihm mit dem Stinkefinger.

Einer sang: »Florian ist eine Fußballniete, trifft nie den Ball und hat im Kopf einen Knall. Er hat zwei linke Füße, diese hohle Tüte. Florian ist eine Fußballniete, gehört in tausend Jahren nicht zur Elite. Er schießt wie ein Depp, gehört statt aufs Feld ins Bett.«

Einer nach dem anderen fiel mit in den Gesang ein und am Ende spazierte ein grölender Chor über den Platz direkt auf Jan zu.

Jan, der am Rand auf einem Baumstumpf saß, richtete sich auf und stellte sich ihnen in den Weg.

»Hi Jungs, na, das Handtuch geworfen? Wie war das Spiel?«, fragte er mit harter Stimme.

Plötzlich lag eine gespenstische Stille über dem Platz. »Es war okay, na ja, bis auf den Loser, der das Spiel versaut hat«, sagte einer aus der Gruppe, während die anderen schwiegen.

»Prima Ball habt ihr da.«

Eh sie sich versahen, schnappte Jan ihn sich.

»Hey, geben Sie uns den zurück«, rief einer der Jungen.

Die anderen aus der Gruppe schlossen sich an und standen wie eine geparkte Tierherde dicht gedrängt und frech blickend vor Jan. »Der Fußball gehört uns«, schrie einer.

»Hallo Mister, Ball her oder es gibt was auf die Fresse«, brüllte ein anderer Junge mit geballter Faust.

»Los, gib ihn her, du Idiot!«, rief einer aus der Deckung des menschlichen Knäuels.

»Haut ab!«, donnerte Jan unverhofft lautstark los.

Die Gruppe war in Schockstarre und die Jungen traten zurück. Jan war durch seine Jugendtrainertätigkeit im Umgang mit pöbelnden Kindern geübt. Mit finsterer Miene, hartem Blick und aufrechtem geradem Körper näherte er sich dem Jungenrudel.

»Aufgepasst, das ist die erste und die letzte Warnung!«, schrie er los.

Die Jungen waren schlagartig verstummt. Jan sah mit seinem lädierten Gesicht gnadenlos aus. Es zeugte von einem mit eiserner Faust geführten Kampf. Was, wenn er eine Kampftechnik beherrschte oder ein Boxer war, der mit seinen Fäusten auf sie einhämmerte und sie blitzschnell einen nach dem anderen ausschaltete? Sie kannten derartige Fälle aus Filmen.

»Na, seid ihr stumm?«, brüllte Jan sie an.

Er beugte seinen Kopf schräg in Richtung der Jungen, hielt seine eine Hand an sein Ohr und rief: »Ich höre!«

Sie standen wie festgeklebt dort und keiner wagte es, ein Wort zu sagen.

»Los, verschwindet!«, blökte Jan.

Nach einer gefühlten Ewigkeit sagte einer von ihnen: »Lasst uns verschwinden, Jungs.«

Sie trabten weg und aus sicherer Entfernung hörte er sie rufen: »Ein Pisser ist dieser Macker!«, bis ihre Stimmen verklangen.

Florian stand wie erstarrt an der gleichen Stelle und belauerte Jan, der sich ihm näherte.

»Der gehört dir, nicht wahr?«, fragte er lächelnd und drückte ihm den Fußball in die Hand.

»Danke«, flüsterte Florian.

»Kommst du regelmäßig her?«, fragte Jan.

Florian nickte stumm und vermied es, Jan anzusehen.

»Dein Sturm übertrifft sie alle«, sagte er fachmännisch und blickte in die aufgerissenen Augen von Florian.

»Stimmt das?«, fragte Florian, in dessen Gesicht sich ein Hauch von Zweifel über die Anerkennung durch den Fremden widerspiegelte.

»Steht ein Lügner vor dir? Mit dir spricht eine weltberühmte Legende. Ich trainiere Jungs in deinem Alter. Ich biete ein hochwertiges Training an. Wir üben im Spiel die Grundtechniken, wie Dribbeln und taktische Varianten, ein. Wir versuchen, jede Woche die Ausdauer und die Schnelligkeit zu erhöhen. Weißt du, ich bin die Nr. 1 im Fußballgeschäft, was die Entwicklung von blutjungen Fußballspielern angeht. Durch mich ist manch einer von denen heute ein Profi. Vergleichbar mit Messi. Als Experte erkenne ich sofort, wenn einer das Talent hat. Und bei dir, da liegt es auf der Hand. Deine Beschleunigung und deine Ballkontrolle sind spitze. Du bist der Messi der kommenden Generation«, sagte er pathetisch.

Florian klebte an Jans Lippen und seine Augen strahlten bei dem Wort Messi.

»Bist du im Verein?«, fragte Jan Interesse heuchelnd.

»Nein, eh ...«, kam es zögerlich von Florian.

»Was heißt, nein? Ein Junge, der den Ball treffsicher zuspielt, ein Fußballtalent und solch ein Kind mit deiner Begabung ist in keinem Fußballclub, das gibt's nicht«, sagte er ungläubig.

»Hast du einen Namen?«, fragte Jan.

»Spatz, das ist mein Spitzname. Weil ich zu kurz geraten bin«, schob er nach.

»Die Kleinen, das sind die Kinder mit dem größten Talent«, sagte Jan mit einem verschmitzten Lächeln.

»Du Spatz, Messi war sooooo winzig«.

Jan zeigte eine klitzekleine Ausdehnung mit seinem Daumen und Zeigefinger an.

Florian lachte lauthals und rief: »Messi ist größer!«

Jan schmunzelte siegessicher und entgegnete: »Heute, da hast du recht. Im Kindesalter war er ein Zwerg.«

»Er ist der Schnellste«, wandte Florian ein.

»Auf jeden Fall, wie ein ICE. Du bist nahe dran, um ebenso flink unterwegs zu sein. Ich bringe deine Beine auf Vordermann. Weißt du, mit einem durchdachten Trainingskonzept läufst du in kurzer Zeit wie der Blitz.

Am Ende steckst du alle in den Sack. Vertraue mir, deinem Glücksbringer«, sagte er bestimmend.

»Und wie heißt du?«, fragte Florian.

»Mein Spitzname ist Lucky. Ich bin ein Glückspilz und du bist mein vielversprechendes Maskottchen, das meinen Erfolg garantiert. Weißt du Spatz, du bist mein Glück. OK, zeig, was du drauf hast. Lass uns kicken«, lachte Jan.

Er vermied schwierige Spielsituationen und beschränkte sich auf die Grundlagen des Ballspiels. Vertrauenstüren öffnen, das war sein Ziel.

Er holte seine Trillerpfeife aus der Hosentasche und pfiff das Warm-up an. Sie standen sich gegenüber und Jan gab das Kommando.

Sie steppten gemeinsam zwei Schritte zur Seite und zurück. Sie sprangen in die Hocke, hoben im Stand die Knie, bewegten ihre Arme und Beine wie ein synchroner Hampelmann und rannten im Stakkato auf der Stelle.

Jan stieß den Ball sanft und zielsicher an, sodass er direkt auf Florians Fuß landete. Sie übten eine Stunde diese spaßmachende Trainingseinheit. Zwischendurch klatschten sie sich in die Hände, drehten sich auf der Stelle, sausten über den staubigen Bolzplatz zu einer imaginären Linie, sprangen darüber und stoppten abrupt.

»Hey, die Arme mitnehmen!«, feuerte Jan Florian lachend an, der jede kleinste Bewegung von Jan mit den Augen verfolgte und sie mit Begeisterung nachmachte. Sie dribbelten den Ball zwischen ihren Füßen hindurch und sprinteten zum Abschluss eine gemeinsame Runde um den Platz.

Keuchend warf sich Jan auf den harten Sandboden und rief: »Zehn Minuten Pause!«

Für diesen Tag hatte er extra ausgediente Klamotten angezogen, die er bereits zur Entsorgung aussortiert hatte. Der sandige Dreck auf seinem Shirt und seiner Hose zerriss ihm dennoch das Herz. Schließlich handelte es sich um Markenqualität. Derartige edle Kleidungsstücke hingen im Secondhandshop mit Sicherheit in der Abteilung für noble Fundstücke.

Florian ließ sich neben ihn fallen. Seine Haare klebten an der Stirn, das Gesicht war rot und er schnappte nach Luft.

Jan sagte: »Dreh dich auf den Rücken und schließ die Augen. Spür, wie die Sonne auf deinem Gesicht entlang krabbelt. Wie die Wärme deine Nase kitzelt, sanft deine Wangen streichelt, wie sie über deine Lippen gleitet, dein Kinn berührt und dich einhüllt in eine Wärmeblase.«

Sie lagen für einige Minuten nebeneinander auf dem steinharten Boden, ihre Gesichter der Sonne entgegengestreckt und keiner von beiden sprach für einen Moment ein Wort.

Beide waren in Gedanken versunken. Jan sog die Wärme der Sonne in sich auf und sinnierte zeitgleich über sein explosives Vorhaben. Er fand Gefallen an diesem Jungen, der sich ihm unbedarft zuwandte. Jedoch kam er nicht an der Entscheidung vorbei, Florian für die Wiederherstellung der Gerechtigkeit zu opfern. Einen Vergeltungsschlag ohne Aufopferung gab es nirgendwo. Diese Tugend stand unter einem günstigen Stern, erforderte sie vor allem Mut. Eine Heldentat, deren Florian sich nicht bewusst war.

»Sei es drum, das gesamte Leid der Welt fordert massenweise Kinderleben und verlangt uns ständig eine Dickhäutigkeit ab. Warum sich wegen eines einzelnen Kindes mit einem Weltschmerz belasten? Rücksicht und Nächstenliebe sind Bretter, deren Löcher ich im nächsten Leben bohre«, sagte Jan gedanklich zu sich.

Jan sprang auf, streckte Florian, der gegen die Sonne blinzelte, die Hand entgegen, zog ihn zu sich heran und umarmte ihn innig.

»Lust auf Schläge?«, fragte Jan.

Florian stutzte für einen Moment.

»Du klopfst mir den Dreck vom Rücken und ich dir«, sagte Jan lachend.

Nachdem sie sich den gröbsten Schmutz von den Klamotten entfernt hatten, setzten sie ihr unterbrochenes Training fort.

»Auf geht's. Du schießt aufs Tor.«

Jan wählte mit Absicht einen geringen Abstand zum Tor. Florian schoss mit Kraft auf die stählerne Kiste.

»Tooooor! Hey, du wirst besser! Meisterhaft!«, rief er jubelnd und sprang auf den Jungen zu, warf ihn zu Boden, umarmte ihn und schrie: »Du bist der Größte, Spatz!«

Er trieb Florian an. Sie übten die Ballannahme, indem Jan sachte die Kugel gegen Florians Füße rollen ließ. Sie rannten zum Spielfeldrand, ballten die Fäuste in Richtung einer imaginären Fankurve und rissen die Arme brüllend in die Höhe. Jan schoss den Ball über den ganzen Bolzplatz. Florian schickte er von einer Ecke zur nächsten. Zeitweilig sprintete, keuchte und prustete er mit ihm. Er rief nach Luft schöpfend: »Ich bin erledigt!«

Florian kopierte Jan und schrie: »Ich ebenso!«

Erschöpft und lachend fielen sie wieder auf den harten Untergrund und drehten sich auf den Rücken. Sie sahen in den wolkenlosen Himmel, an dem sich Muster aus weißen, schmalen und breiter werdenden Streifen bildeten.

»Sieh Florian, da ist ein Kreuz, dort ein Dreieck und ein Rechteck. Dahinten sieht es wie eine Raute aus. Die Streifen sind unterschiedlich dick. Sie sehen wie ein wundersamer Wattebausch aus. Die gekräuselte dünne parallele Spur ähnelt einer Eisblume. Die daneben erinnert an eine gerupfte Feder. Was denkst du? Wer hat das an den Himmel gemalt?«, fragte Jan auffordernd. Florian blieb stumm wie ein Fisch. Jan richtete seine Augen auf ihn und zog seine Stirn nachdenklich in Falten.

»Das ist Kunst aus Wasser. Malst du gern?«, fragte er in die Stille hinein.

»Gelegentlich tuschen wir in der Schule. Für Mama habe ich ein Sommerbild mit bunten Blumen gemalt, das hängt bei uns in der Küche. Papa sagt, ich bin ein Künstler«, kicherte Florian.

»Künstler? Die tendieren zu extremen Handlungen. Deinen Härtetest bestehst du hoffentlich. Damit läufst du allen den Rang ab. Du überbietest als blutjunger, begabter Meister eines übergroßen Donnerwetters die bisherigen Aktionen der überdrehten künstlerischen Spinner. Was wäre mein Schlachtplan ohne dich, du herzallerliebster ahnungsloser Komplize?«, fragte Jan mit wärmender Stimme.

Sie hörten das Brummen des Motors. Florian, der von dem Gerede nichts begriffen hatte, stützte sich auf seine Unterarme und reckte den Hals Richtung Himmel. Mit zusammengekniffenen Augen sah er dem Motorflugzeug nach.

»Hey Spatz, sieh mal, ein Segler, der fliegt geräuschlos durch die Lüfte. Hast du Lust, inmitten der Wolken zu fliegen?«, fragte Jan.

Florian nickte.

»Okay, wir beide steuern morgen den Segelflugplatz an und setzen furchtlos die Segel. Du wirst im Flieger einen Heidenspaß haben. Die endlose Weite und die Stille sind ein Vorgeschmack auf dein Himmelfahrtskommando«, betonte Jan triumphierend und schloss wohl gestimmt für einen Moment die Augen.

»Na los, für heute reicht es mit der sportlichen Verausgabung. Komm, Florian, wir haben uns eine Pause mit Pizza und Cola verdient«, fuhr Jan fort.
Pfeifend sprang Florian neben Jan her. Sie spazierten durch den Park. Die Sonne spielte mit dem frischen Grün der Blätter und des hochgewachsenen Grases, das sich in ihrem gleißend hellen Licht abwechselnd leuchtend und düster einfärbte. Die Parkbänke und die Rasenflächen waren von Sonnenhungrigen belagert. Ein Mädchen schmiss ihnen eine rot leuchtende Frisbeescheibe entgegen, die auf Jan und Florian zu segelte. Jan fing sie gekonnt auf und drückte das Wurfgeschoss Florian in die Hand.

»Na los, wirf das Teil zurück«, sagte er auffordernd. Florian warf mit Schwung die Scheibe in Richtung des Mädchens.

»Aua«, schrie sie. Die Wurfscheibe hatte sie im Gesicht gestreift. Fuchsteufelswild griff sie den Deckel auf und rief Florian zu: »Was für ein blödes Kind bist du denn!«

»Hey Spatz, das nächste Mal passt du besser auf. Es ist ein No-Go, Menschen zu verletzen. Das bedeutet, dass man anderen Menschen gegenüber Mitgefühl zeigt«, sagte Jan belehrend.

Sie schlenderten in Richtung des Denkmals. Florian zottelte eingeschnappt neben Jan her.

»Flo! Was ist los? Bist du angefressen wegen der Sache mit der Frisbeescheibe? Hey, wenn du ewig und drei Tage schmollst, fallen die Kanten von dem Denkmal ab«, sagte Jan scherzhaft, strich Florian über den Kopf und seine Hand glitt in die des Jungen.

»Welche Kanten?«, fragte Flo, der beim Gedanken an die abfallenden Ecken seine Bockigkeit vergaß.

»Komm, lass uns zum Gedenkstein hinübergehen, ich zeige sie dir«, entgegnete Jan säuselnd.

»Weißt du, was die bedeuten?«, fragte Jan und berührte einen der roten Steine.

Florian lächelte verschämt mit einem Kopfschütteln und Jan eröffnete seinen Monolog über die

Geschichte der handwerklich geschickt eingemeißelten Inschriften, die eine Tür in die Vergangenheit öffneten, die ein Bild von Helden schuf, die fundamentale Werte wie die Gerechtigkeit verteidigten.

Florian, der von all dem nichts begriff und sich langweilte, kniete sich auf den Sockel des Denkmals und versuchte, die Buchstaben mit den Fingern nachzulesen.

»Das Wort, das du krampfhaft zu lesen versuchst, lautet Faschismus«, erklärte Jan und fuhr fort: »Weißt du, wenn etwa ein Verkäufer plant, einen Kunden mit einer Waffe auszuradieren, nennt man es Terror. Das ist vergleichbar mit Faschismus. Auch wenn du das Feld räumst, bleibst du in der Schusslinie dieses Gewalttäters. Wie kommst du aus der Bedrohung heraus? Die Antwort lautet Widerstand. Das Wort steht dort. Du wehrst dich mit allen Mitteln gegen Bedrohungen, Betrügereien und Ungerechtigkeiten.«

Jan stand für ein paar Minuten in Gedanken versunken vor dem Denkmal und die Worte Terror und sich wehren, kreisten in seinem Kopf herum. Die Inschrift unterstützte aus moralischer Sicht den von ihm ausgefeilten Schlachtplan. Er sammelte sich gedanklich und sah auf Florian, der seinen Leseversuch aufgegeben hatte und auf dem Sockel sitzend, seinen Kopf mit den Händen abstützte.

Jan reichte Florian die Hand und zog ihn mit einem väterlichen Gefühl der Zuneigung hoch.

»Erschöpft?«, fragte Jan fürsorglich.

»Gleich gibt es eine Stärkung. Der Laden liegt auf dem Weg. Komm, Enricos Pizza wartet«, flötete Jan.

~

Der Laden war eine heiße Empfehlung von Olivia. Das zusammengewürfelte Interieur empfand sie als stylish, die Preise anständig und das Essen schmackhaft.

Das Lokal war für die Uhrzeit rappelvoll. Jan spähte draußen nach einem Sitzplatz. Hinter der Ecke war die letzte Tischreihe unbesetzt. Ein Geschenk waren diese Tische und Bänke mit der abgeblätterten roten Farbe für ihn nicht. Schuld war die verschmutzte Kleidung, die sie trugen. In einem derartigen Zustand war der Innenbereich für Jan ein verbotenes Terrain.

Nach zehn Minuten stieg ihnen der pikante Geruch der Pizza, die die Bedienung in handgerechte Stücke auf einem Holzbrett servierte, in ihre Nasen.

»Lass es dir schmecken«, sagte Jan sanft.

Florian griff sich eine Portion und biss herzhaft in die krosse Pizza. Die Tomatensoße tropfte an seinen Fingern herunter. Bei der Cola legte er einen Gang zu. Um ihn bei Laune zu halten, bestellte Jan eine Zweite. Der Junge ist eine wahre tragische Figur, sinnierte er, während er genüsslich an seinem Rotwein nippte.

Nach dieser ausgiebigen Siesta schlenderten sie an der Straße entlang. Jan hatte Florian versprochen, ihn bis zum Stadtbrunnen zu begleiten.

Vor dem Brunnen verabschiedete er sich von ihm mit den Worten: »Du bist ein prima Junge. Das Training hat so was von Spaß gebracht. Du gehörst zu einem Verein. Lass mich das regeln. Damit unsere Rechnung aufgeht und dein Vater dir freien Lauf lässt, ist ein kühler Kopf zu bewahren. Daher kein Wort zu ihm und deiner Mutter über unser Geheimnis. Am Samstag lüften wir es mit einer bombigen Botschaft an deine Eltern. Hast du unsere Abmachung begriffen?«

Florian nickte übereifrig.

»Morgen treffen wir uns genau an dieser Stelle am Brunnen um Punkt 12:00 Uhr. Das ist ein Test, ob du pünktlich zum vereinbarten Zeitpunkt ankommst. Und denk daran, ich zähle auf dich. Daher kein Wort von mir und von unserem Vorhaben«, sagte Jan.

»Mein Vater sagt bei Geheimnissen immer Klappe halten und schweigen«, korrigierte ihn Florian.

»Das glaube ich dir gern. Das passt mit seinem inneren Kern überein. Die Sprache hängt davon ab, aus welchem Holz jemand geschnitzt ist. Daran erkennst du die wahre Natur. Ist sie barbarisch oder zivilisiert und menschlich«, erwiderte Jan säuerlich.

~

»Auf die Minute, der Fahrplan passt bislang«, jubelte Jan innerlich, als er am nächsten Tag Florian auf dem Steinrand des Brunnens sitzen sah. Sie begrüßten sich mit »Gib mir Five« und Jan drängte: »Bis zum Segelflugplatz ist es kein Katzensprung. Wir fahren daher mit meinem Auto. Ich stehe drüben im Parkhaus.«

Während der Autofahrt versuchte Jan, die richtigen einschmeichelnden Worte zu finden. In den höchsten Tönen lobte er Florians gestriges Dribbeln mit dem Ball. Die Jungs, mit denen er Fußball spielte, hätten von Tuten und Blasen keine Ahnung. Das pfiffen sogar die Spatzen von den Dächern, sagte er im Brustton der Überzeugung.

Behutsam tastete er sich vor, um herauszufinden, ob der Junge irgendjemandem von ihm erzählt hatte.

»Weißt du, was ein Spielverderber ist? Jemand, der mit Absicht die vereinbarten Regeln missachtet. Mir ist zu Ohren gekommen, dass du gestern mit deinen Eltern über uns gequatscht hast. Ist das wahr? Hast du unser Geheimnis verraten?«, löcherte Jan ihn.

»Ich habe kein Wort erzählt«, verteidigte sich Florian und hob die Finger zum Schwur.

»Und was haben dich deine Eltern am Abendbrottisch gefragt?«, entgegnete Jan Interesse heuchelnd.

»Nichts, die wissen ja, wo ich die meiste Zeit bin. Auf dem Bolzplatz.«

Jan war beruhigt. Innerlich hatte er, besorgt auf die Antwort von Florian wartend, bereits die Notbremse seines Vorhabens gezogen. Es hätte mehr als einen Gang zurück, für seine Feuershow bedeutet.

»Du bist ein prima Junge«, säuselte Jan.

~

Nach einer halben Stunde Autofahrt erreichten sie das ausgedehnte Gelände.

»Wow, die sehen megageil aus«, rief Florian, als er die Flotte der Segler sah.

Ein Mittsechziger kam aus dem Flachbau und schrie: »Eine Runde gefälligst? Heute im Angebot für eine winzige Beteiligung!«

Jan hob seinen Daumen sichtbar in die Höhe. Als sie auf Augenhöhe waren, begrüßten sie sich mit einem Handschlag.

»Hallo, ich bin Curt mit C bitte. Beide?«

»Nein, nur der beste Fußballspieler aller Zeiten, mein Spatz, der hat für das Wochenende hochgesteckte himmlische Ziele. Heute probt er den Aufstieg in den Himmel. Unabhängig vom Mitfliegen, komme ich auf meine Kosten«, lachte Jan und legte seine Hand väterlich auf Florians Schulter.

Curt verschwand für einen Moment. Jan und Florian begutachteten unterdessen die zwei auf dem Rasen stehenden Vögel, über deren Flügelspannweite

Florian staunte. Ein Auto rauschte heran. Ein braun gebrannter Kerl, dessen Augen sich hinter den verspiegelten Gläsern einer quadratischen Sonnenbrille versteckten, sprang aus dem Wagen.

»Der Kleine fliegt mit mir!«, sagte er.

Er legte Florian den Fallschirm an und Jan hob ihn in den Segler. Für ein paar Sekunden schlug in Jan ein väterliches Herz und er blickte mit Stolz auf Florian, der sich mutig in den Sitz setzte.

Curt gab ein Zeichen und die Haube des Segelfliegers schloss sich. Das Windenseil straffte sich, der Segler glitt in den Himmel und kreiste nach dem Ausklinken wie ein Adler sanft durch die Lüfte.

Die paar Euro waren optimal investiert. Florian war außer sich vor Freude. Er strahlte über das ganze Gesicht und grinste wie ein Honigkuchenpferd. Nachdem der Flieger gelandet war, umarmte der Junge Jan mit Hingabe und schnatterte, ohne Luft zu holen: »Mega Flug! Die Autos, die Bäume und die Häuser waren klitzeklein. Wir sind über die Brücke geflogen. Es war wie im Karussell. Wir haben uns überschlagen und wieder aufgerichtet. Danach sind wir eine Schleife geflogen und drehten uns mehrere Male im Kreis. Das war bombig.«

Das letzte Wort warf den heraufziehenden Schatten des anstehenden Wochenendes voraus.

»Klasse, dass du einen Mordsspaß hattest«, murmelte Jan ergriffen von Florians Begeisterung. Der Junge war mit dieser rasenden Schwärmerei bis in Jans zartbesaiteten Kern vorgestoßen und traf seinen wunden Punkt. Seine Kinderliebe verwandelte sich mit einem Mal in eine Last. Zu allem Überfluss überrollte ihn seine Rührseligkeit. Der vorausahnende Verlust des Jungen quälte seine sanfte Natur und Jan zwang sich, über seine heftigen Gefühle wieder die Kontrolle zu gewinnen.

»Hast du Lust auf ein Eis?«, fragte Jan, als er den Eiswagen am Geländerand stehen sah. Ein paar Minuten später spazierten sie, jeder an seiner Waffel schleckend, kameradschaftlich den Weg in Richtung ihres geparkten Autos entlang.

»Mit einem Kumpel fürs Leben teilt man seine Abenteuer. Wenn du Lust hast, fahren wir am morgigen Samstag an meinen See. Es ist ein Geheimtipp, eine wahre Oase«, sagte Jan betont.

»Und was ist mit dem Bolzplatz? Du hast mir ein paar Dribbeltricks versprochen? Und das Elfmeterschießen in die Ecken. Wasser ist ...«

Jan fiel Florian flink ins Wort.

»Es ist ein verzauberter See, wo Fußballer wie Messi mit Eiskugeln aus Schokolade Tore schießen. Das haut dich um, das verspreche ich dir. Wir sitzen im hohen dichten tiefgrünen Gras, lassen unsere Fußsohlen von flauschigen Halmen kitzeln und schauen den Fußballstars zu. Wir picknicken mit dicken Stullen, belegt mit Käse und Wurst, trinken Gänsewein, beißen in fette Äpfel, planschen mit den Füßen im Wasser, bis es Wellen aus Schokolade schlägt. Wir beobachten die Insekten. Insbesondere die bunten Schmetterlinge, die genüsslich an den Zuckerstangen schlecken. Wir sammeln behaarte Riesenraupen und schwarze Käfer, die sich in Zuckerwatte verwandeln, um die Wette. Wir zählen die Punkte auf den ponygroßen Marienkäfern und stochern in einem Ameisenhaufen herum, in dem Kobolde leben. Wir beobachten die Enten und die Reiher, die Feste feiern und deren Schnäbel sich in Säbel verzaubern. Wenn wir Lust haben, sehen wir den Libellen zu, wie sie sich in die Wolkenberge am Himmel kuscheln. Wir suchen im Wald nach dicken Ästen, die wir in scharfe Schwerter verwandeln. Wir schnitzen unsere Anfangsbuchstaben hinein und belegen sie mit einem Zauberspruch, der uns unvorstellbare Kräfte verleiht. Wir streifen durch das Gebüsch und suchen nach Tieren aus fremden Welten, davon, welche, mit drei oder siebzehn Köpfen und Mäulern wie riesenhafte Höhlen und Tatzen, die Kreuzfahrtschiffen gleichen. Gegen diese monströsen Bestien kämpfen wir mit unserem Zauberschwert. Mit dem Fernglas erspähen wir die Angler, die aus den Tiefen des Sees den rubinroten Vierzackfischen die diamantenen funkelnden Blütenblätter wegangeln. Ihre Angelschnüre verwandeln wir dank eines geheimen Hexenspruchs zu Glas, das beim Auswerfen der Angel zerspringt. Das Abendessen der Fische ist gerettet. Sie stopfen sich gut gelaunt mit Blütenblättern voll, winken uns dankend zu und pusten mit dickem Bauch meterhohe Feuersäulen mit Herzen in die Luft. Eine Fischgruppe, die sich Spatz nennt, spielt irrsinnige Live-Musik, sodass das Wasser gelbe Funken sprüht. Glitzerschlangen und Libellen tanzen zu der coolen Mucke Rock 'n' Roll.«

Florian hüpfte entzückt von der Geschichte neben Jan her und verschlang vergnügt den Rest der Eiswaffel. Als sie am Auto angelangt waren, sagte Jan: »Ich bringe dich jetzt zurück zum Stadtbrunnen und dort trennen sich unsere Wege für heute.«

Florian stand wie ein begossener Pudel neben Jan.

»Um welche Uhrzeit fahren wir zu dem See?«

Jan schlug sich mit der flachen Hand gegen die Stirn.

»Mist, warum habe ich das Wichtigste vergessen? Es ist schwierig. Wie sage ich es dir? Seit Jahren wohnen vier gefräßige Löwen am Wasser, deren Leibgericht Kinder sind. Es ist zu gefährlich für dich«, seufzte Jan besorgt tuend.

Florian schossen die Tränen in seine Augen und er schluchzte lautlos vor sich hin.

»Pass auf, es gibt einen Weg. Wir verzaubern die Löwen in Steine. Das ist harte Arbeit für dich. Es erfordert eine Mutprobe von dir, auf der ein bombiger Fluch liegt. Bist du zu dem Risiko bereit?«

Florian wischte sich die Tränen aus dem Gesicht und nickte.

»OK, du wartest morgen um 12:00 Uhr auf dem Bolzplatz. Ein Kurier bringt dir ein Paket. Du packst es aus dem Papier aus. Darin ist ein Rucksack. Es ist verboten, ihn zu öffnen. Du setzt ihn dir auf und bist um Punkt 13:00 Uhr im Laden deiner Eltern. Nicht eine Sekunde früher oder später. Ich bin am Brunnen, wo wir uns heute getroffen haben und überzeuge mich, dass es reibungslos abläuft. Bevor du in das Geschäft gehst, steige ich in den Bus. Du bist ab diesem Zeitpunkt auf dich gestellt. Das gehört mit zur Mutprobe. Über allem liegt ein Schweigegelübde. Das heißt, zu keinem Menschen ein Wort. Traust du dir diese harte Nuss zu?«

»Das schaffe ich«, stammelte Florian mit glühenden Augen.

»OK, unerschrockener Profifußballer. Gib mir fünf«.

Sie klatschten sich ab und Jan umarmte den Jungen herzhaft.

9

Er sprintete die Stufen hinauf und riss die Tür auf. Wie immer brummte das Radio.

»Nun zum Wetter in Sanftburg. Heute Morgen scheint die Sonne satt und gegen Mittag erwartet uns schwüle Luft mit kräftigen Gewittern. Kühlt euch bis dahin ab mit diesem Hit vom Feinsten. Für alle Oldiefans Surfing USA der unvergesslichen Beach Boys.«

»Hi Harry, es passt prima, dass du kommst. Diese eine Tour steht für heute noch aus. Es ist eine dringende Terminsache.«

Strenggenommen hatte er Feierabend. Da das Ziel auf seinem Heimweg lag und er für jede Extrafahrt einen Bonus erhielt, war die Tour ein lohnender Mitnahmeeffekt.

Sein Chef drückte ihm den Auftragszettel und das Paket, mit der seltsamen Adresse, in die Hand. Diese bestand aus dem Vornamen Florian, dem Spitznamen

Spatz und dem Standort Bolzplatz hinter dem Wasserturm. Harry schüttelte erstaunt den Kopf und fragte sich, ob die Adresse fehlerhaft war oder ob es sich um einen Scherz handelte.

»Du weißt, wo der Platz ist?«, hakte sein Chef nach.

»Klar. Ich wohne um die Ecke.«

Er packte das Paket in seinen megagroßen, gelbgrün gestreiften Fahrradrucksack, rannte mit einem »Tschüss, nice weekend« hinaus, sprang auf sein feuerrotes Rad und mit den Unterarmen auf dem heruntergebogenen Lenker liegend, raste er los. Sein Weg führte quer durch die Stadt, die am späten Vormittag Fahrt aufnahm.

Die breite Kreuzung war dicht. Metall reihte sich an Metall und schwitzte in der Sonne. Die Ampel sprang von Gelb auf Grün und ein Hupkonzert versuchte, die Masse, die wie im Schneckentempo dahinschlich, anzuschieben. Er schlängelte sich geschickt zwischen den stehenden Autos hindurch. Abwechselnd stand er mit seinem Rad auf der Stelle, fuhr in Zeitlupe oder im Sprint.

Mit Schwung wich er auf den Fußweg aus und ein Kerl schrie: »Mensch, pass auf! Ist das ein Radweg?«

Er legte sich in die nächste Kurve, hinter der ein aus einer Hauseinfahrt kommender Lieferwagen ihn um Haaresbreite kalt erwischte. Seine Beine glänzten metallisch in der Sonne. Eine bedenkliche Pfütze breitete sich unter seinen Achseln aus und floss in die Fasern seines weißen T-Shirts. Die zahlreichen Lüftungsschlitze des futuristisch wirkenden Fahrradhelms brachten lediglich eine geringe Abkühlung. Trotz seiner optimal getönten Sonnenbrille blendete es ihn derartig, dass er das bremsende Auto erst im letzten Moment bemerkte. Er nutzte den kurzen Stillstand, um einen Schluck Wasser aus seiner am Rahmen befestigten Trinkflasche in sich hineinzuschütten.

Er suchte sich die nächste Lücke und brauste in die Gasse hinein, wo ihn das mittelalterliche Pflaster kräftig durchrüttelte. Hinter dem Garagenhof bog er nach links in den Schleichweg ab. Sonnenstrahlen durchdrangen das tiefgrüne Blätterdach der hohen, sich zur Mitte beugenden Platanen. Der Weg verwandelte sich durch das kraftvolle goldene Leuchten in einen schimmernden Laubengang. Am Ende des Weges lag rechts der Spielplatz. Die roten, miteinander verschlungenen Kletterseile sahen aus, wie ein Spinnennetz, in dem drei Kinder hingen und sich sternförmig emporhangelten. Auf der Reifenschaukel schwang sich eine Mutter mit ihrer Tochter auf dem Schoß in die Höhe. Im Sandkasten hockten Kleinkinder und matschten mit Wasser herum, das ein Vater ihnen aus einer Wasserflasche in die roten und blauen Eimer goss. Sie buddelten den Sand in vorgefertigte Kuchenformen und backten Sandkuchen, während in der Schale der grünen Wendelrutsche zwei Kinder hintereinander her düsten.

Hinter dem Spielplatz bog Harry nach links ab und preschte am Sportplatz vorbei, auf dem ein Fußballteam trotz der drückenden Hitze trainierte. Ein paar Spieler der Mannschaft saßen erschöpft am Rand. Ausgelaugt vom harten Training, hatten sie ihre Beine von sich gestreckt. Die Wasserflasche hielten sie dauerhaft am Mund und beim Absetzen japsten sie wie ein Ertrinkender nach Luft.

Ein Gelenkbus mit Werbung für ein Fitnesscenter fuhr an ihm vorbei und hielt an der nächsten Haltestelle. Die Reklame zeigte das Bild einer lächelnden, durchtrainierten Sportlerin und die dicke Aufschrift Fit in den Sommer - die ersten zwei Monate kostenlos. Ein Mädchen trat vor dem Bus auf die Straße und durch einen geschickten Schlenker kurvte Harry um sie herum. Am Haus mit der hellgrünen Gerüstplane bog er rechts ab in den Park und fuhr die Schatten spendende lange Allee entlang. Die knochigen Bäume mit ihrem dichten, grünen Blätterwald sorgten für eine wohltuende Abkühlung. Er überquerte die neue Brücke, deren Eisengeländer aussah wie eine Bienenwabe, an der ein buntes Wollknäuel aus roter, silberner, weißer, blauer, grüner, violetter und goldener Farbe hing. Da hingen Herzen in allen Größen und Ausprägungen. Kugelrunde und eckige Liebesschlösser drückten sich an die filigranen und massiv wirkenden Formen. Ein winziges Herz hatte er mit seiner damaligen Freundin am Ende der Brüstung angebracht. Er stoppte kurz, um zu sehen, ob es noch an dem Platz hing, wo sie sich einst ihr Liebesversprechen gegeben hatten. Hinter der Brücke führte der Weg steil bergab. Mit Speed raste er hinunter und legte sich schräg in die eingeschnürte Kurve.

Er liebte die Geschwindigkeit und die Gefahr, die im schlimmsten Fall hinter der Wegbiegung lauerte, ohne die Gefahr, die ihm im Rücken folgte, zu bemerken.

Im vergangenen Jahr hatte er sich verschätzt und in der Innenkurve sein Gewicht falsch verlagert. Die Pedale touchierte den Straßenbelag und er geriet aus der Spur. Der Sturz war unvermeidlich und er schlitterte eine gehörige Strecke auf dem Asphalt entlang. Von seinen schmerzenden Abschürfungen und Prellungen, die er an seinem rechten Bein, dem Arm und der Schulter davontrug, zehrte er eine längere Zeit. Sein Knie bereitete ihm über Wochen Probleme.

Die Hände blieben verschont, da er seine gepolsterten Radfahrerhandschuhe trug. Sein Paket mit der Aufschrift „Vorsicht, Glasbruch" war im Gegensatz zu seinem Fahrrad merkwürdigerweise unbeschädigt geblieben.

Seine Verflossene überhäufte ihn nach seinem Unfall mit unangemessenen Vorwürfen.

»Harry, mit deinem Leichtsinn bewegst du dich auf dünnem Eis«, war ihr dauerhafter Spruch, an dem ihre Beziehung trotz des verriegelten Liebesschwurs an dem Brückengeländer scheiterte.

Da er wieder ins belebte Wohngebiet fuhr, versuchte er die Gedanken an früher wegzudrücken. Er preschte an den viergeschossigen Häusern mit den flachen Dächern vorbei, deren graue, massig wirkende Farbe heute durch zahlreiche bunte Farbtupfer der roten, gelben und grünen Sonnenschirme aufgelockert war.

An einem Balkon war eine blaue Markise angebracht. An einem anderen leuchtete ein orangefarbenes Sonnensegel, das an dem seitlich abwärts gehenden Wasserrohr befestigt war. Im Schatten des Segels stand eine männliche Person mit nacktem Oberkörper auf dem Balkon und rauchte. Die Seitenfront des Eckhauses war mit einem gigantischen Graffiti bemalt. Das weibliche Wesen mit rotem Haar, das sich auf dem tiefgrünen Schwimmblatt einer Seerose rekelte, zog den Blick auf sich. Gelbe, blaue und dschungelgrüne Lianen schlängelten sich wie ein Korkenzieher um den nackten Körper. Harry war ein Fan dieser Form der urbanen Kunst, die die Trostlosigkeit in diesen von tristem Grau überschwemmten Wohnblocks verdrängte. Die Quartiere entwickelten sich auf diese Art zu erlebbaren öffentlichen Kunstgalerien, in denen sich abstrakte und fantasiereiche Wandbilder mit einer realistischen Fassadenbemalung und mutigen Charakteren aus Comics abwechselten.

Das Haus neben dem Blumenladen, das versetzt nach hinten gebaut war, sah heute fremd aus. Erst beim zweiten Hinsehen fielen Harry die neuen Photovoltaikmodule auf, die das gesamte Dach pflasterten.

Er steuerte auf die Flaschencontainer am Parkplatz zu. Aus den Öffnungen spähten zahlreiche Flaschenhälse. Vor den Containern standen Weinflaschen mit weißem, goldenem und rotem Rand, schmale und dickbäuchige Sektflaschen, Marmeladengläser, mit und ohne Deckel. Dazwischen steckte ein Karton mit Schnapsflaschen und Gläsern, die einst Babynahrung enthielten. Harry hielt die Mischung für haarsträubend. Die Kampagne der Stadt gegen Kindeswohlgefährdung kam ihm in den Sinn.

Aus einer Papiertüte äugten ein brauner Schuh und ein löchriger Turnschuh heraus. Neben der Tüte standen aufgereiht wie zum Appell zwei Paar Wanderstiefel in unterschiedlicher Größe, umringt von mit getrockneten roten Farbspritzern übersäten Farbeimern.

Harry stoppte kurz dahinter, schulterte sein Rad und trug es zügig die Stufen zur Straße hinunter. Er sprang wie nach einem Startschuss beim Streckenlauf auf den Sattel und düste wieder los.

Er bog auf dem teilweise asphaltierten Weg ein, der rechts und links von Apfelbäumen gesäumt war. Die dicken, tiefroten Kugeln lugten zu dritt, zu viert oder zu fünft zwischen dem saftigen Grün der eierförmigen Blätter hervor. Der Weg schlängelte sich steil hinauf und senkrecht hinunter. Der Fahrtwind kühlte bescheiden. Gelegentlich fiel sein Blick auf den Tacho. Die stetig steigende Geschwindigkeit gab ihm das Gefühl von unendlicher Freiheit. Mit zig Sachen krachte er liegend in die Kurve, links umsäumt von einem Wasserbett und rechts von einem dichten Gestrüpp aus Brennnesseln. Neben ihm glitt die saftig grüne Wiese mit ihren wellenförmigen Erhebungen, die ihn an einen weiblichen Busen erinnerte, vorbei.

In einer Senke stand eine vom Wetter gezeichnete Holzhütte. Die teilweise aufgequollenen und morschen, von einem Grauschleier übersäten Holzlatten, hingen an einzelnen Stellen kraftlos herunter. Das eingedrückte und schräge Dach ächzte unter dem Druck der pressenden Äste eines verknöcherten Baumes.

An der neben dem Haus gelegenen Wassertränke stand ein dunkelbraunes Pferd mit zottiger Mähne. Den Kopf gesenkt, soff es ohne Pause. Ein Fohlen rieb seinen Körper an der Stute und ein anderes sprang graziös im Galopp über die Weide. Der Bewegungsdrang zweier Ponys war von der bleiernen Hitze erlahmt. Sie lagen im weichen Gras auf der Seite und dösten.

Der Weg führte nach rechts entlang der Felder, auf denen mit ausgestreckten Armen auf Holzstäben montierte Figuren den Verkehr regelten. Da stand eine Gestalt mit blauem Hemd und roter Weste. Die struppig strohigen Hände äugten unter den Ärmeln hervor. Auf dem in einen Sack eingehüllten Kopf saß ein gelber Strohhut. Die schwarze Cordhose mit breitem Schlag erinnerte Harry an die Hose eines Tischlers. Auf der gegenüberliegenden Seite des Feldes war eine Figur recht abgemagert. Eine dicke Kordel hielt die Jeans. Der Kopf, auf dem eine Schiebermütze mit Karo-Streifen saß, war eingewickelt in ein rosa gefärbtes Tuch. An den ausgestreckten Armen hingen mit Bändern befestigte Konservenbüchsen, deren Flüstern im sanften Wind ein leises klirrendes Geräusch verursachte. Ein paar Meter entfernt, inmitten der goldenen Rundballen von Stroh, wirbelte ein Trecker eine Staubwolke auf. Der Geruch von Gülle lag in der Luft und in der

Ferne drehten sich die dünn wirkenden Flügel eines Windrades.

Der süßliche, karamellisierte Duft der Erdbeeren kroch in Harrys Nase hinein. Auf dem Erdbeerfeld tummelten sich Gestalten, die unablässig die rote Frucht in Körbe beförderten.

Hinter den Feldern führte die Straße direkt wieder in den quirligen Stadtteil hinein. Der riesenhafte Kirchturm inmitten dieser idyllischen bergigen Erhöhung verströmte eine Aura von Ruhe.

Harry fuhr am Eckhaus mit den Zwiebeltürmen vorbei, wo im Erdgeschoss die über Monate geschlossene Gastronomie wiedereröffnet hatte. Der vorherige Pächter hatte aus gesundheitlichen Gründen aufgegeben. Über die städtische Mundpropaganda verbreitete sich das Gerücht, dass die Stadt als Verpächter eine dauerhafte Schließung vorsah. Eine Gruppe von Bürgern forderte gemeinsam mit dem Tourismusverband eine Wiederbelebung des historischen Lokals. Über die sozialen Medien und die Presse übten sie erfolgreich Druck auf den Stadtrat von Sanftburg aus.

Im Biergarten herrschte Vollbetrieb. An den rustikalen Tischen tummelten sich die Sanftburger und von außen kommende Besucher und genossen neben der idyllischen Atmosphäre die kulinarischen einheimischen Snacks und das Bier aus der lokalen Brauerei.

Harry schmachtete mit einem sehnsuchtsvollen Ausdruck nach den Gläsern mit dem frisch gezapften Bier.

»Hey, Harry!«, hörte er eine Stimme rufen.

An einem der Tische saß Enzo, ein Arbeitskollege. Harry warf einen Blick auf seine Uhr und stieg in die Eisen. Sie wechselten ein paar Worte und Harry ließ sich zu einer Bierpause überreden. Genussvoll rauschte die Kühle des Bieres durch seinen Körper. Das Geplauder mit Enzo zog sich länger hin. Die Kirchturmglocke schreckte Harry auf. Hastig sah er auf seine Uhr.

»Mist!«, stieß er verkrampft aus und griff blitzschnell nach seinem Rucksack.

Die übermäßige Pause löste Stress bei ihm aus. Er war fahrig und fuhr übereilt los. Obwohl an der Kreuzung die Ampelanlage für ihn auf Rot schaltete, sprintete er unüberlegt über die Mitte der Straße, wo ihn ein entgegenkommender Radfahrer streifte. Harry verzog reflexartig sein Lenkrad und trat derartig kräftig in die Bremsen, dass er kopfüber auf das Pflaster stürzte.

Er hatte sich verletzt. Die Wunde am Bein blutete und am Arm hatte er Abschürfungen. Er hob sein Rad auf. Das Vorderrad war verbogen und etwas Unbekanntes blockierte die Pedalen. Harry untersuchte das Tretlager auf sichtbare Schäden.

»Was für ein verdammter Mist!«, fluchte er mit hochrotem Kopf vor sich hin, während er sein Rad schulterte und an die Seite schleppte.

Ein Junge auf einem Mountainbike hielt neben ihm an.

»Wenn Sie den Kerl suchen, der sie gekreuzt hat, der ist in die Richtung verschwunden«, sagte er, mit dem Finger geradeaus zeigend.

»Danke für den Hinweis«, antwortete Harry kurz angebunden, bis ihm die Idee kam.

»Hey, bist du scharf auf einen Fünfer?«

»Klar.«

Harry kramte das Paket aus dem Rucksack und sagte: »Gib es Florian, genannt Spatz, der auf dem Bolzplatz hinter dem Wasserturm wartet.«

Der Junge biss sich auf die Unterlippe und sah Harry mit geweiteten, fragenden Augen an.

»Okay, du fährst über die Kreuzung bis zur Baustelle. Dort biegst du links in die Gasse und radelst weiter, bis dich eine Werbetafel stoppt. Hinter ihr schlängelt sich versteckt ein schmaler Pfad zwischen den Büschen hindurch, der auf den Bolzplatz führt.«

Aus seiner Reisegeldbörse hangelte Harry sich einen Fünfer.

»Das ist deiner, sobald du die Sendung abgegeben hast. Auf jeden Fall an den richtigen Empfänger geben.

Frag nach dem Namen. Ich warte drüben an der Haltestelle auf dich.«

»Klar, mache ich«, trällerte der Bengel und schnappte sich das Paket, klemmte es unter seinen linken Arm und düste, mit einer Hand das Rad steuernd, los.

~

Der Junge trat in die Pedale und drückte auf die Tube. Alle paar Meter zog er das Rad wie ein Jockey sein Pferd kraftvoll vom Boden ab in die Höhe und ließ es über dem Asphalt schweben. Mit beiden Händen an den Bremsen preschte er im Slalom über den unebenen und staubigen Boden des Bolzplatzes. Mit einer Vollbremsung kam er vor dem aufgeschreckten Florian, der am Seitenrand saß und mit einem Stock im Sand herumstocherte, zum Stehen.

»Bist du Florian, genannt Spatz?«, fragte er und wischte sich mit dem Unterarm die Tropfen, die sich wie ein hauchfeiner Dunstschleier über seine Stirn gelegt hatten, ab.

»Eh, ja, das bin ich.«

»Okay, dieses Paket ist deins.«

Florian fing das geworfene Paketbündel auf und der andere Junge zog flink sein Vorderrad wie ein sich aufbäumendes Pferd in die Höhe und drehte, auf dem Hinterrad stehend, auf der Stelle sein Mountainbike.

Florian besah sich das Paket von allen Seiten und als hielte er ein rohes Ei in seinen Händen, riss er das Packpapier bemerkenswert behutsam auf.

»Da ist er, der Rucksack.«

Er war im Begriff, ihn aufzusetzen, als er ein Gejohle hörte. Die Jungen, mit denen er zeitweise Fußball spielte, kamen durch den mit dichten Büschen eingerahmten schmalen Weg auf den Bolzplatz und schlenderten direkt auf ihn zu.

»Hi, Spatz, wie läuft's?«, fragte einer mit einem schiefen Lächeln im Gesicht.

»Der spielt Fußball ohne Ball«, rief einer, den sie Swen nannten. Urplötzlich entriss er Florian den Rucksack und fragte: »Hey, was schleppst du in dieser Wundertüte herum?«

Florian stürmte auf den Jungen zu. Die anderen umzingelten ihn und lachten, während Florian an dem Arm des Jungen herumriss, der ihn geschickt von sich wegschubste. Er flog in die gegenüberliegenden Arme eines Blonden, der ihm einen kräftigen Stoß versetzte, sodass er in die Mitte des Kreises purzelte. Schluchzend rappelte er sich auf und bettelte: »Meinen Rucksack, bitte. Gib ihn mir sofort zurück.«

»Den bekommst du wieder, wenn ich nachgesehen habe, was du Fußballniete mit dir herumschleppst«, sagte Swen.

Er war im Begriff, den Rucksack zu öffnen, als einer aus der Gruppe den Fußball auf das Feld schmiss und rief: »Hey Swen, gib dem Wicht seinen Drecksbeutel zurück und lass uns mit dem Kicken loslegen!«

»Fang du Fußballdoofmann! Verpiss dich bloß, sonst bekommst du die Prügel deines Lebens«, blökte Swen Florian an.

Der Rucksack flog in die Luft und Florian fing ihn im letzten Moment auf. Er wischte sich die Tränen aus dem Gesicht und rannte stolpernd über den Bolzplatz in Richtung des Wasserturms. Bei jedem Schritt sah er schräg nach hinten auf die Gruppe und beobachtete sie, dass sie ihm nicht folgten.

Erst als er an dem Durchgang zur Straße ankam und die Büsche seine Beine und seinen Oberkörper streiften, atmete er auf. Seine klobige, blaugrüne Armbanduhr, wo die Zeiger sich um einen Fußball drehten, ermahnte ihn.

Wie vom Blitz getroffen, preschte Florian los und rannte gegen die ablaufende Zeit an. Die teuflische Hitze raubte ihm den Atem und sein Herz raste vor Angst, es nicht rechtzeitig zur verabredeten Uhrzeit zu schaffen. Er umkurvte Passanten, die seinen Weg kreuzten, und sprintete, ohne nach links und nach rechts zu sehen, über die Straßen. Sogar das Hupen der abbremsenden Autos rauschte an ihm vorbei.

10

Jan sah sich nach einem Platz im Eiscafé um. Es war rappelvoll. Er entdeckte einen Tisch, wo eine auf jugendlich gestylte ältere Dame Weißwein trank, dessen Kühle an dem Glas abperlte. Ihr filigran geflochtener Strohhut, bei dem sich die rosafarbenen und blauen Halme wie Liebespaare ineinander verschlangen, war schräg nach hinten gerutscht und das schmale braune Zierlederband spähte an einer Seite hervor. Eine lockige Strähne fiel ihr in die Stirn, die sie mit bedachter Anmut wegstrich. Ein Träger ihres dünnen taubenblauen Kleides hing ihr von der einen Schulter. Ihre Sandalen hatte sie von den nackten Füßen abgestreift und ihre Beine nach vorn auf einem der freien Stühle ausgestreckt. Ihre rot lackierten Fußnägel glänzten perlmuttartig in der Sonne. Der farbige, zeitlose Stil verlieh ihren Füßen eine gewisse Eleganz und eine Spur der Begierde.

»Entschuldigen Sie, ist der frei?«, fragte Jan und zog ihr, bevor sie antwortete, den Korbstuhl sanft unter ihren Beinen weg.

Von dieser Entfernung hatte er den Brunnen optimal im Blick. Er sah auf seine Armbanduhr. Der Zeiger rückte auf 12:45 Uhr vor.

Die Kellner hasteten zwischen den Stühlen und Tischen hin und her. Ihre flinken Hände füllten und leerten inmitten des Stimmengewirrs die Tische mit Espresso, Cappuccino und Café latte. Zwei sportliche Kerle im schwarzblauen Fahrraddress stiegen von ihren Rädern, fielen erschöpft in die Korbsessel und tupften mit einer Serviette ihre Stirn trocken.

Der Kellner brachte randgefüllte Biergläser, deren Schaum wie ein Geysir überquoll. Sie prosteten sich zu, schlugen ihre Gläser aneinander und setzten beide gleichzeitig wie zu einem Wettkampf an.

Der Anblick des kühlen Gebräus löste bei Jan ein durstiges Verlangen aus, das er aus zeitlichen Gründen beiseiteschob. Im Übrigen stand er zu sehr unter Strom, um in Ruhe und unbelastet ein Getränk zu genießen. Einerseits war er aufgekratzt und schäumte vor Freude über das anstehende vernichtende Ereignis. Auf der anderen Seite schuf der heutige Tag einen zu bedauernden Wendepunkt in seinem Leben. Mit dem Terroranschlag riss er sich seine pazifistische

Wurzel heraus. Ein Weltschmerz schnürte für einen Moment seinen Körper ein. Der Gedanke, dass er seine Prinzipientreue zur Gewaltlosigkeit für die Gerechtigkeit opferte, befreite ihn aus der einschnürenden Enge seines Gewissens.

»Was darf's bei Ihnen sein?«, fragte ein Kellner, der am Nachbartisch einen Erdbeere-Mojito serviert hatte. Die tiefrote Farbe des Getränkes, dessen Glasrand eine halbe Erdbeere und ein Minzblatt zierten, leuchtete zu Jan hinüber.

»Ich warte mit der Bestellung, bis meine Begleitung eintrifft«, entgegnete Jan als Ausrede.

Eine Gruppe lautstark lachender Mädchen saß Jan gegenüber. Sie prosteten sich mit Prosecco zu.

»Typisch Weiber. Den ganzen Tag faulenzen und sich vergnügen. Das kenne ich von meiner Ex-Schlampe, die mich eiskalt ausgenutzt hat«, urteilte Jan giftig.

Die Gruppe von Jugendlichen, die stumm am Nachbartisch saßen, beäugte er ebenfalls abfällig. Die Köpfe nach vorn gebeugt, tippten sie auf ihren Handys herum und gelegentlich glitt eine Hand zu ihrem Wasser oder ihrem Orangensaft, in dem die Eiswürfel wie zu einem Kieselstein geschmolzen waren.

»Diese Art des Beisammenseins bezeichnet die Jugend als Unterhaltung. Ihr Handy ist ihnen heilig. Mit ihrem Gerät sprechen sie über Gott und die Welt. Und was ist mit ihren Mitmenschen? Da ist jedes Mitgefühl auf leisen Sohlen abgetreten und in dieser internetfähigen Gurke versenkt«, flüsterte er kopfschüttelnd.

Unüberhörbar diskutierte eine Seniorengruppe am Rand mit den Kellnern herum, die aus dem Café ein paar Tische holten, die sie rasch unter Applaus für die Gruppe zusammenstellten. Vögel tummelten sich zwischen den Füßen der Gäste und stritten sich um Waffelreste und Kuchenkrümel. Eine Seniorin rief: »Oh, ein Spatz.«

Jan schreckte auf und sah sich um. Sein Spatz ließ sich Zeit. Seine Adern am Hals verdickten sich. Er suchte mit seinen Augen jede Ecke des Brunnens und des Cafés ab.

Neben ihm am Tisch las ein Brecht-Zeitgenosse bei Tiramisu und einem Espresso die Zeitung. Seine Gabel führte er blind zum Mund. Gelegentlich schüttelte er seinen Kopf und bisweilen lachte er gedämpft, sah hinter seinem Zeitungsblatt hervor und blinzelte verschmitzt die vorbeihuschende Kellnerin an. Jans Blick fiel zufällig auf die Schlagzeile Bombiges Wetter. Seine Gedanken kreisten um seinen ausgetüftelten Rachefeldzug, der mehr wie eine Vergeltung war. Sein Ziel war keine simple Lektion für einen Elektronikverkäufer, der querschießt. Er plante, Feldbergs Familie zu zerstören. Die geliebten Spatzen, die das einst leere Lebensblatt von Feldberg füllten, mit einem bombigen Radiergummi auszuradieren. Die Vernichtung von Frank Feldbergs kostbarsten Lebenskern bedeutete, ihm den Anker seines bisherigen Lebens zu entziehen und ihn auf einen endlosen Leidensweg zu schicken. Jans Augen glänzten bei der Vorstellung, diesen Feldberg mit einer unerträglichen Lücke zurückzulassen, die eine schattige Leere auf sein Lebensblatt zeichnete.

An dem verdeckt stehenden Tisch nahe dem Eingang zum Café meinte er, Florian erkannt zu haben. Jan erhob sich aus seinem Sitz. Im Stehen hatte er eine bessere Sicht. Da saßen ein älterer Herr und eine jüngere Begleitung mit einem Kind, das eine Ähnlichkeit mit Florian hatte. Sie waren in ihren Eisbechern versunken und gaben sich den Köstlichkeiten hin. Die langen Eislöffel gruben Vanilleeis mit Schokoladenstreuseln und halben Erdbeeren aus dem Glas heraus. Bei dem Kind zauberte die sich durch das Eis schlängelnde Kirschsoße landschaftliche Muster aus Vanille und Schokolade in den Eisbecher. Künstlerisch präsentierte sich die geformte Sahnekrone mit den tiefdunklen Brombeeren, die Jan an seinen See erinnerten und in ihm ein Wohlbefinden hervorriefen.

Vor der Eistheke, an der es das Eis zum Mitnehmen gab, hatte sich mittlerweile eine lange Schlange gebildet. Jan starrte angestrengt auf die Kette der Menschen und suchte in ihr Florian. Der Junge, der die cremige Zabaione im Kreis herum schleckte und wieder zurück, bis die dickbäuchige Kugel an Gewicht verlor und zu einem schmalen Stängel verkümmerte, sah aus wie sein Spatz. Jan bis sich auf die Lippen. Er hatte sich getäuscht.

Der schlaksige Junge, der sich eine Pizza zum Mitnehmen aus der Pizzeria holte, die triefende Teigmasse in sich hineinstopfte und sich die fettigen Finger an seiner Hose abwischte, war ebenfalls ein anderer.

Jan belauerte den Brunnen. Saß einen Katzensprung von ihm entfernt am Brunnenrand Florian, der die zwei skatenden Jugendlichen, die mit ihren Skateboards geschickt über den Pflasterrand surften, beobachtete? Der ihnen hinterher sah, wie sie versuchten, die Stufen des Brunnens mit ihren Boards zu bewältigen? Sie drehten sich aus der Hocke hochspringend um sich und landeten wieder auf dem rollenden Brett. Der eine surfte kopfüber, der andere fuhr auf eine Bank zu und sprang, sich um sich drehend, rückwärts, mit angewinkelten Beinen darüber. Sein Board klebte an seinen Füßen. Der Junge am Brunnenrand setzte sein Baseballcape mit dem Schirm nach hinten auf und stieg auf sein Surfboard. Jan hatte sich geirrt.

Eine größere Touristengruppe versammelte sich vor dem Reisebüro zur anstehenden Sightseeing-Tour. Einer rief: »Alle aufstellen zum Gruppenfoto! Los, beeilt Euch. Die Kleinen stellen sich vorn auf und die Leuchttürme bitte nach hinten.«

»Die versperren mir die Sicht auf den Platz«, flüsterte Jan giftig.

Neben dem Brunnen saß ein Straßenmusiker mit seiner Gitarre auf einem Klappstuhl. Die zerschlissene Jeanshose hatte er hochgekrempelt und seine nackten behaarten Füße wippten im Takt einer Country-Musik, die er mit rauchiger Stimme begleitete. Ein Haufen von Passanten klatschte und sang im Rhythmus mit. Zwischen ihnen standen Kinder. War eines davon Florian? Der mit dem roten Basecap? Jans anfängliche Zweifel bestätigten sich, als die Menge sich nach dem Song auflöste und der Junge kurz die Mütze abnahm.

Nahe bei Feldbergs Laden saßen Punker auf einer schmuddeligen Decke. Einer von ihnen hatte seine Arme mit Tattoos übersät. Zu erkennen war ein dickes schwarzes Kreuz, das von einer roten Schlange umschlungen war. Seine Haare hatte er an den Kopfseiten abrasiert und in der Mitte seines Kopfes ragten, wie bei einem Igel, die Haarstoppel in Grün und Blau hervor.

Ein anderer trug eine besudelte Jeans. Zahlreiche dicke Ketten hingen um die Hüfte herum und

baumelten herunter. Der Dritte von ihnen war bekleidet mit einer schwarzen Lederjacke mit der Aufschrift
HASS. Um seinen Hals schmiegte sich ein mit schwarzen Noppen versehendes Band, das dem der braun-
weißen Bulldogge glich, die erschöpft auf der Decke inmitten einer Unzahl von Bierdosen lag. Einer schau-
kelte zum Brunnen hinüber und sprach mit einem
Knirps, der für Jan aussah wie Florian. Jan grinste vergnügt in sich hinein, bis der Steppke eine Schale mit
Wasser füllte, die er zum Hund hinschleppte.

Nervlich angespannt und mit klopfendem Herzen
verfolgte Jan jeden Schritt des Jungen. Beim genauen
Hinsehen entpuppte er sich als ein anderes Kind. Das
Seitenprofil hatte ihn getäuscht. Die Nervosität stieg
mit jedem Irrtum bei Jan an.

Aus einem an der Ampel stehenden Auto hämmerte
der Bass, der sich wellenförmig über den Platz ergoss.
Der Radiosprecher sagte: »Bis zu den 13:00 Uhr Nach-
richten zehn Minuten Mucke für Euch.«

Jan sah verkrampft auf seine Armbanduhr.

»Das gibt es nicht. Wo bleibt dieser Idiot?«

Er sah sich um. Der Marktplatz war übervoll mit
Menschen. Jan streckte seinen Kopf in alle Richtungen
und seine zusammengekniffenen Augen suchten angespannt im Gedränge nach einem Hinweis auf Florian.
Jan trommelte gleichmäßig mit seinen Fingern auf

dem Tisch herum, während sein übergeschlagenes Bein auf und ab wippte.

»Da ist mein Spatz«, rief er aufgewühlt. Vor dem Blumengeschäft wartete ein Kind unter einem grünen Schirm vor schwarzen, mit Wasser gefüllten Eimern, in denen gebundene Sträuße aus Sonnenblumen, Freesien und Gerbera wie ein buntes Blumenmeer standen. Eine ältere Dame trat mit einem klassischen farbenfrohen Blumenstrauß aus roten und gelben Rosen sowie weißen Dahlien bewaffnet aus dem Laden. Sie gab dem Jungen einen Kuss auf die Wange und beide schlenderten Hand in Hand die Straße hinunter. Jan schüttelte verbissen mit dem Kopf. Er hatte sich vertan.

Schräg gegenüber vom Brunnen brutzelte es an zwei Buden um die Wette. In einer gusseisernen Pfanne brodelte eine braune Masse mit fetten fleischigen Stücken. Das Team am zweiten Stand verkaufte Ofenkartoffeln mit frischer Kräutersoße und ein Erfrischungsgetränk im Sonderangebot. Ein Bengel mit schwarzen Haaren holte sich eine dicke Portion.

»Ist das Florian?«, fragte sich Jan bis zu dem Moment, als ein Paar mit dem Kleinen davonging.

Das Treiben um ihn herum lenkte Jan für Minuten von seinen Gedanken ab. Ein Lieferwagen hielt vor dem Eiscafé. Der Fahrer öffnete die Klappe und versuchte vergeblich, den Hubwagen in Gang zu bringen.

Fluchend sprang er mit den sperrigen Kisten vom Wagen hinunter und belud seine Karre, die er keuchend über das Pflaster hievte.

Die lateinamerikanische Tanzgruppe formierte sich für die nächste Aufführung. Zwölf Tänzerinnen bewegten sich im Rhythmus der Musik, die aus einer Box dröhnte. Mit jeder Drehung flogen ihre geschwungenen Röcke aufwärts. Die anfangs am Rand stehenden Tänzer der Gruppe sprangen, mit ihren Schellentrommeln bewaffnet, in die Kreismitte. Sie stampften synchron mit dem rechten Fuß auf und sangen »Viva, Viva«. Ihre Finger kreisten über das Fell des Tamburins. Die in zwei Reihen angeordneten Schellen vibrierten. Im Stakkato schlugen sie auf die Fläche ihres Instrumentes. Mit einem gewaltigen Schlag trafen sie mit einem »Juchhu« die Mitte. Ihre Hüte schmissen sie in die Luft und fingen sie meisterhaft mit dem Kopf wieder auf.

Ein Ehepaar mit einer Kinderkarre stand am Brunnen und stritt sich lautstark.

»Seit Jahren mach' ich diesen Scheiß mit. Dein Faible für deine Eltern reicht mir. Ich bin ausgelaugt von ihren dämlichen Ratschlägen, die ich mir auf keinen Fall dieses Wochenende erneut anhöre. Ohne Ende kommen sie mit ihren bescheuerten Tipps für die Kindererziehung und ihre beschissenen Erwartungen an mich, sind generell überzogen. Entweder sind es meine miserablen Manieren oder es ist mein drittklassiger Geschmack«, brüllte er sie an.

»Weißt du, ich bin erschöpft davon, dass bei uns täglich Streit wegen meiner Eltern ausbricht. Akzeptiere sie, wie sie sind«, schrie sie scharf zurück.

»Vergiss es! Dieser heutige Nachmittag ist tabu. Sie sind strapaziös. Dieses ständige Gequatsche von Pflichten und Anstand. Das habe ich satt. Das ist Stress pur«, entgegnete er dröhnend.

»Pass auf, was du sagst«, antwortete sie zickig.

»Meine Eltern waren und sind ein wertbeständiges Vorbild für mich. Das gilt ebenfalls für unser Kind. Sie unterstützen uns seit Jahren finanziell und sie geben uns dadurch eine Portion Sicherheit. Sie sind verlässlich und für unser Leben eine Bereicherung. Im Gegensatz zu dir wohl bemerkt. Deine Zugeknöpftheit und Sturheit ihnen gegenüber hat mich von Anfang an tierisch genervt. Wenn du mit ihnen sprichst, klingst du eiskalt. Der Besuch bei meinen Eltern ist für mich unter diesen Umständen mit Sicherheit kein Amüsement. Das gebe ich dir gern schriftlich und wenn es sein muss, per Brief«, kreischte sie los.

»Mach keinen Aufriss. Sehen wir lieber nach einem neuen Handy für dich«, entgegnete er beschwichtigend und schob die Kinderkarre über den Marktplatz zum Elektronikladen von Frank Feldberg. Konzentriert manövrierte er die Karre durch die schmale Ladentür.

Neben Feldbergs Laden lag das Weingeschäft. Der Inhaber baute auf dem Fußweg einen Weinprobierstand auf. Donata trat vor die Tür und blickte zu ihm hinüber:

»Hallo. Ist das eine drückende Hitze heute.«

»Stimmt, ein extremes Schwitzbad ist das heute. Ein Freibadbesuch wäre angebracht. Kopfüber rein in das eiskalte Nass. Na, vergessen wir's. Da schnappt sie wieder zu, die tugendhafte Selbstständigkeitsfalle und unser eiserner Arbeitswille tritt als Abkühlungsblockade auf. Ade, du frisches Vergnügen in der Ferne. Was soll's. Bei aller Liebe zum Geschäft hat jeder eine Pause verdient. Lust auf eine spritzige Erfrischung? Was hältst du von einem honigsüßen Sommercidre? Biologisch aus regionalen Streuobstäpfeln hergestellt«, sagte er mit einem Lächeln auf dem Gesicht und hielt eine hellgrüne Flasche in die Höhe.

»Komm rüber, ich lade dich ein. Ein Gläschen zum Probieren. Dieser Cidre ist ein Genuss pur und ein wahrer Muntermacher.«

Er reichte Donata, die an den Stand gekommen war, ein schmales Glas, dessen beschlagene Außenseite die leuchtende orange-goldene Flüssigkeit verblassen ließ.

»Lass ihn für einen Moment über die Zunge gleiten. Auf diese Art entfaltet sich das Aroma in deinem Mundraum und du schmeckst die honigsüße Note der Melone. Manch einer schmeckt sogar die Birne oder die Aprikose heraus. Ein Gedicht von einem Cidre, mit einem würzig-fruchtigen Echo am Gaumen. Es scheint mir, er ist mit Absicht für diese drückende Hitze komponiert. Bei sonstigen normalen Wetterlagen steht der Cidre eher im Schatten der Weine, was ich als schreiende Ungerechtigkeit empfinde. Er ist und bleibt ein kostengünstiges Geschmackserlebnis.«

»Hm, stimmt, lecker und erfrischend«, sagte Donata beherzt.

»Er war bereits in der Antike zu jeder Tageszeit ein Kultgetränk. Weißt du, der Alkoholgehalt ist geringer als bei normalen Weinen. Für Grillabende im Sommer optimal. Bei diesem Cidre ist der Süßanteil dezent. Der Geschmack der herzhaften Speisen bleibt auf diese Art erhalten«, ergänzte der Weinhändler.

»Der steigt mir trotz des geringen Alkoholgehalts gleich in den Kopf. Ich meine wegen der Schwüle. Da braut sich etwas Prickelndes zusammen. Hörst du das dumpfe Grummeln? Nicht mehr lange und es kracht mit Sicherheit gewaltig. Hoffentlich schlägt es nirgendwo in der Stadt ein«, sagte sie besorgt und nippte an ihrem Cidre.

»Ach, Blitze suchen sich die höchsten Punkte. Da schlagen sie eher im Wald ein. Die Kirchturmspitze ist zwar höher. Sie hat aber einen Blitzableiter«, entgegnete er beruhigend.

»Da hast du recht. Ich hoffe bloß, dass sich unser Flo nicht mehr auf dem Bolzplatz tummelt.«

»Auf dem Platz direkt, sind keine hohen Bäume. Wer bei der gewittrigen Hitze auf dem Bolzplatz herumtobt, der ist mit Sicherheit vernünftig genug, um sich vor einem Unwetter zu schützen. Wie wäre es zur Beruhigung mit einer Flasche für Frank?«, fragte der Händler.

»Oh, eine prima Idee. Wenn du die Flasche als Geschenk verpackst, wäre es bombig. Auf der Flasche hätte ich gern den Spruch Auf ewig im siebten Himmel, Dein Spatz«, sagte Donata merklich beruhigter.

»Kein Problem. Das ist machbar« und ein paar Minuten später hatte Donata die verpackte Cidre-Flasche in der Hand.
Jan sah angespannt auf seine Armbanduhr. Der Zeiger rückte, ohne mit der Wimper zu zucken, an die 13:00 Uhr heran.

»Mist. Was für eine hirnrissige Idee mit dem Jungen. Der ist ungeeignet für komplexe Vorhaben. Eine törichte Fehlbesetzung. Es gibt zahlreiche schräge Fuzzis, die für einen derartigen Anschlag mehr Talent mitbringen«, grübelte er mit einer Stinkwut im Bauch. Er war kurz vor dem innerlichen Explodieren. Seinen Zeitplan hielt er unabhängig von Florian ein und bestieg den heranfahrenden Bus. Er setzte sich auf einen freien Platz rechts ans Fenster und haute mit der einen Faust rhythmisch in seine andere geöffnete Hand.

»Setzen Sie sich woanders hin. Das ist ein Platz für Behinderte«, wies ihn ein älterer Herr am Gehstock zurecht.

Entrüstet entgegnete Jan: »Na hören Sie mal. Es sind genügend Plätze frei, da benötigen Sie exakt diesen?«

»Sie sagen es«, antwortete der Alte.

Innerlich schnaubte Jan vor Wut. Zwangsweise stand er auf und verpasste dem Herrn eine Wortsalve, die sich seiner Meinung nach gewaschen hatte: »Mit Menschen Ihres Kalibers ist die europäische Kultur am Boden.«

Das Sitzen war ihm vergangen. Er suchte sich einen Stehplatz. In der Abstellfläche für die Kinderwagen trat er ans Fenster. Er hatte einen ausgezeichneten Blick auf den belebten Marktplatz mit den proppenvollen Tischen der Außengastronomie.

Mit aufeinander gepressten Lippen starrte er hinaus. Am Marktbrunnen schreckte ein Junge mit einem Rucksack auf dem Rücken eine Armada von Tauben auf. Schweißtriefend und außer Atem sauste er über den Platz zu Frank Feldbergs Laden. Die eine Hand lag auf dem Griff der Ladentür, als er sich kurz umdrehte. Wie zufällig fiel sein Blick zum Bus. Ihre Augen begegneten sich. Jan hob befreit seinen Daumen und presste seine Handfläche zu einem Give Me Five! gegen die Scheibe.

Florian grinste und für einen Moment blieb er in der Tür stehen und schlug in der Luft mit seiner Hand in die von Jan ein.

»Tja, mein Junge. Die teure Schule des Lebens fordert von dir heute einen hohen Preis«, sagte Jan trocken.

Pünktlich und wie verabredet betrat Florian um 13:00 Uhr den Laden von Frank Feldberg. Der Bus mit Jan verschwand hinter der nächsten Kurve, als ein ohrenbetäubender Knall die Luft zum Beben brachte.